閻《えん》魔《ま》亭《てい》事件草紙
迷い花

藤 井 邦 夫

幻冬舎文庫

閻魔《えんま》亭《てい》事件草紙　迷い花

閻魔亭事件草紙
迷い花

目次

主な登場人物

【北町奉行所】

大久保忠左衛門（与力）

甥・夏目倫太郎（本作の主人公・百五十石取り御家人の三男・戯作者）

娘・結衣

白縫半兵衛（臨時廻り同心）

《半兵衛の手先》

鶴次郎（役者崩れ）

半次（岡っ引）

【南町奉行所】

秋山久蔵（与力）

神崎和馬（定町廻り同心）

柳橋の弥平次（岡っ引）

《弥平次の手先》

幸吉（下っ引）／由松（しゃぼん玉売り）

寅吉（行商の鋳掛屋）／雲海坊（托鉢坊主）

勇次（船宿『笹舟』の船頭）

草双紙とは、江戸中期から発行された庶民のための絵入り小説である。

頁ごとに挿絵が描かれ、ひらがなで綴《つづ》られる草双紙には、童幼教化的な〝赤本〟、その程度の高い〝黒・青本〟、写実的な諧謔味《かいぎゃくみ》の〝黄表紙〟、伝奇的な〝合巻〟があった。

第一話　霰小紋の女

一

八丁堀御組屋敷街の北に北町奉行所与力《よりき》・大久保忠左衛門《おおくぼちゅうざえもん》の屋敷はあった。

辰の刻五つ半（午前九時）が過ぎた。

主《あるじ》の忠左衛門は、母屋《おもや》から離れ座敷への廊下に足音を響かせて来た。足音には微《かす》かな怒りと、苛立《いらだ》ちが含まれている。

拙《まず》い……。

夏目倫太郎《なつめりんたろう》の防御本能が、眠気を一挙に吹き飛ばした。

「おのれ、毎朝毎朝。愚にもつかない草双紙《くさぞうし》などにうつつを抜かしおって……」

忠左衛門は鼻息を鳴らし、居候《いそうろう》を決め込んでいる甥《おい》の倫太郎の部屋に向かった。

甥の倫太郎は、百五十石取りの御家人《ごけにん》である妹夫婦の三男坊で草双紙の戯作者《げさくしゃ》だった。

「起きろ、倫太郎」

忠左衛門は首を筋ばらせて障子《しょうじ》を開け、満面に戸惑いを浮かべた。

「これは伯父上《おじうえ》、今朝もご機嫌よろしゅう」

倫太郎はすでに蒲団《ふとん》を片付け、着替えて書見《しょけん》をしていた。

「う、うむ。起きておったか……」

忠左衛門は白髪眉《しらがまゆ》をひそめ、戸惑いを隠した。

「はい。調べ物をしておりました」

倫太郎は微笑《ほほえ》んで見せた。

「そうか……」

忠左衛門に悔しさが湧《わ》いた。

「なにか御用ですか」

倫太郎は、煩《うるさ》い伯父を出し抜いた快感を覚えた。

「いや。なに……」

忠左衛門は、出し抜かれた悔しさを慌てて誤魔化《ごまか》そうとした。

「これをやろうと思ってな」

忠左衛門は、紙入れから証文のようなものを出し、倫太郎に渡した。

「こりゃあ、八百善《やおぜん》の料理切手じゃありませんか」

倫太郎は、『八百善』の料理切手を見つめた。

「左様。噂《うわさ》に高い八百善の料理切手だ」

浅草山谷堀日本堤《さんやぼりにほんづつみ》の『八百善』は、深川八幡前の『平清《ひらせい》』と評判を二分している高級料理屋である。その料理切手は、豪勢な料理が食べられる高価なものだった。

「うむ。さる大名家のお留守居役が、無理やり置いていったものでな。良ければ行って来い」

「行きます。今日、すぐに行って来ます」

倫太郎は、料理切手を握り締めて舞い上がった。

忠左衛門は、料理切手を行き掛かりで渡してしまったのを密《ひそ》かに悔やんだ。

「そうか、では出仕の刻限が近づいたのでな」

忠左衛門は、悔しさと淋《さび》しさを押し隠し、痩《や》せた身体《からだ》を母屋に向けた。

「お見送り致します」

倫太郎は料理切手を懐《ふところ》に仕舞い、張り切って立ち上がった。

忠左衛門は、老妻・加代《かよ》から刀を受け取って式台を下りた。

「行って参る」

「いってらっしゃいませ」

加代と一人娘の結衣《ゆい》。そして、倫太郎は出仕する忠左衛門を見送った。

忠左衛門は、相撲取りあがりの下男・太吉《たきち》を従え、北町奉行所に向かった。

「伯父上、お気をつけて」

倫太郎は弾んだ声で見送った。


結衣は、怪訝《けげん》に倫太郎の顔を見た。

「身体の具合、何処《どこ》か悪いの……」

「いや。そんなことはない」

倫太郎は苦笑した。

「じゃあ、どうして朝御飯、いらないのよ」

「うん。なんだか食欲がなくてな」

倫太郎は、『八百善』の料理を楽しむ為、腹を減らしておくことにしていた。

「へえ、珍しいことがあるものね」

「ああ。じゃあな……」

倫太郎は、そそくさと自分の部屋に戻った。

「食欲がないか……」

結衣は、いつも腹を減らしている従兄《いとこ》の倫太郎の様子に不審を抱《いだ》いた。


巳《み》の刻四つ半（午前十一時）。

倫太郎は、料理屋『八百善』に行こうと大久保屋敷を出た。

八丁堀を出た倫太郎は、楓川《もみじがわ》に架かる海賊橋を渡り、続いて日本橋川に架かる江戸橋を渡った。そして、日本橋の米河岸《こめがし》を抜け、小伝馬町から馬喰町《ばくろちょう》の通りを進んだ。その先に神田川に架かる両国浅草御門がある。

浅草御門を渡ると蔵前通りになり、真っ直ぐ進むと浅草広小路・金龍山浅草寺《せんそうじ》になる。広小路から隅田川沿いに花川戸・今戸に進むと山谷堀沿いの日本堤となり、幕府公認の遊廓《ゆうかく》新吉原への道となる。料理屋『八百善』はその日本堤にあった。

倫太郎は、『八百善』の豪勢な料理を思い浮かべ、腹の虫を鳴かせながら浅草御門を渡った。

倫太郎の五感が不意に囁《ささや》いた。

誰かが尾行《つけ》てくる……。

倫太郎は、行き交う人々に紛《まぎ》れて背後を窺《うかが》った。

尾行てくるような者はいない。だが、岡っ引の半次《はんじ》や鶴次郎《つるじろう》たち玄人《くろうと》の巧みな尾行なら見破ることは無理だ。

背後からの視線はなおも続いている。

倫太郎は背後に神経を集中し、慎重に蔵前通りを進んだ。

尾行者の視線は消えなかった。

今、倫太郎が関《かか》わっている揉《も》め事や黄表紙に書こうとしている事柄はなく、尾行される覚えはまったくなかった。そして、尾行者は倫太郎に気付かれる程度の素人《しろうと》だ。

倫太郎は思いを巡らせた。

尾行者と思われる者の顔が唐突に過《よ》ぎった。

まさか……。

倫太郎は思わず否定した。だが、可能性は一番あるのかも知れない。

倫太郎は苦笑した。

浅草広小路は、金龍山浅草寺の参拝客や遊客たちで賑《にぎ》わっていた。

倫太郎はいきなり振り返った。

後ろから来た人影が、慌てて路地に隠れた。

倫太郎は、素早く隠れた人影の許《もと》に走った。

御高祖頭巾《おこそずきん》を被《かぶ》った武家娘が、路地の入口に潜んでいた。

「なにやっているんだ」

倫太郎は苦笑した。

「えへへへ、分かった」

御高祖頭巾を被った武家娘は結衣だった。

「ああ。どうして俺の後を尾行るのだ」

「倫太郎さんが朝御飯を食べなかったからよ」

「俺が朝飯を食べなかった」

倫太郎は眉をひそめた。

「ええ。朝から三杯飯を食べる人が食欲がないなんてありえない。きっと他で食べるんだと思ったのよ」

結衣の勘は鋭かった。

「えっ……」

倫太郎は思わず狼狽《ろうばい》した。そして、慌てて隠した。

だが、結衣は倫太郎の狼狽を見逃さなかった。

「やっぱりねえ……」

結衣は勝ち誇り、小馬鹿にしたような眼差《まなざ》しを向けた。

「流石《さすが》に結衣の眼は誤魔化せないか……」

倫太郎は観念した。

「そうよ。ね、それで相手の女《ひと》、浅草の何処にいるのよ」

結衣は小さな棘《とげ》を放った。

「えっ」

倫太郎は戸惑った。

「ようやく出来た良い女よ」

小さな棘が連射された。

倫太郎は思わず笑った。

「なに笑ってんの。私は叔母《おば》さまから倫太郎をよろしくって頼まれているから、どんな女と朝御飯を食べるのか知りたいんです」

「分かった結衣。だったら一緒に来い」

倫太郎は結衣の手を取った。

「嘘……」

結衣は驚き、手を引いた。

「いいから来い」

倫太郎は結衣の手を取り、浅草広小路の雑踏を花川戸に向かって進んだ。

山谷堀日本堤にはそよ風が吹いていた。

倫太郎は、忠左衛門に料理切手を貰《もら》ったことを結衣に教えながら、料亭『八百善』に向かった。

藍色《あいいろ》の着物を着た三十歳前後の女が、料亭『八百善』から現れて足早に倫太郎たちと擦《す》れ違って行った。

鮮やかな藍色だ……。

倫太郎は、思わず振り返って見送った。

すらりとした藍色の着物の女は、吹き抜けるそよ風に揺れるように立ち去っていった。

「倫太郎さん……」

結衣が眉をしかめ、倫太郎の袖《そで》を引っ張った。

料亭『八百善』は、昼食の時刻が過ぎて客も少なかった。

倫太郎は番頭に料理切手を渡し、結衣と共に中庭に面した座敷に通された。

「お父上が、倫太郎さんに八百善の料理切手をあげるなんて、本当に信じられない」

結衣は首を捻《ひね》った。

「俺も驚いたよ」

倫太郎は苦笑した。

料理は向付《むこうづけ》から始まり、高価な食材を使った八寸、焼き物、強肴《しいざかな》、煮物と豪華に続いた。

「美味《お》しい……」

結衣は感嘆した。

「うん。美味《うま》いな……」

倫太郎と結衣は舌鼓《したつづみ》を打ち、次々と出される料理を食べた。

半刻《はんとき》（一時間）が過ぎた時、女の甲高《かんだか》い悲鳴があがった。

「倫太郎さん……」

「うん」

倫太郎は素早く廊下に出た。

『八百善』の男衆と仲居たちが、奥の離れの座敷に向かっていた。倫太郎と結衣が続いた。

離れの廊下に悲鳴をあげた仲居が腰を抜かしており、駆け付けた男衆と仲居たちが恐る恐る座敷を覗《のぞ》いていた。

「どうした」

倫太郎と結衣は、男衆たちをかき分けて座敷を覗いた。

身なりの立派な中年武士が、座敷の真ん中で血まみれになって倒れていた。

結衣は思わず顔を背《そむ》けた。

倫太郎は座敷に入り、中年武士の息を確かめた。中年武士は絶命していた。

「し、死んでいるの」

「うん。誰か役人に報《しら》せてこい」

男衆の一人が返事をして走り去った。

倫太郎は、広がっている血に触れないように気をつけながら中年武士の様子を見た。

殺しだ……。

倫太郎は見届け、辺《あた》りに下手人《げしゅにん》の残したような物がないか見廻《みまわ》した。

「あのう、お客さまは……」

女将《おかみ》と番頭が、恐怖に震える眼を向けていた。

「私たちは北町奉行所に関わりのある者です」

結衣が厳しく告げた。

「それはそれは……」

番頭は驚いたように女将と顔を見合わせた。

「このお武家の名前は……」

倫太郎は、厳しい面持《おもも》ちで尋ねた。

「はい。お旗本の磯貝仙十郎《いそがいせんじゅうろう》さまにございます」

旗本の磯貝仙十郎……。

「ここには一人で来ていたのかな」

「いいえ。頭巾を被った女の方と……」

女将は怯《おび》えていた。

「女……」

「は、はい……」

倫太郎は座敷と次の間を調べた。薄暗い次の間には艶《あで》やかな蒲団が敷かれていた。

倫太郎は詳しく調べた。敷かれた蒲団に使った様子はなく、女もいなかった。

「その頭巾の女、どうしました」

「あの、いませんか……」

番頭は眉をひそめた。

「ええ……」

旗本・磯貝仙十郎と一緒に来た頭巾の女は姿を消していた。

「その女の名前、分かりますか」

「いいえ……」

女将は慌てたように首を横に振った。

「ですが、初めてではございません」

頭巾の女は、磯貝仙十郎と一緒に何度か来ていた。

「どんな着物でした」

結衣がもっともらしい面持ちで尋ねた。

「確か藍色の霰小紋《あられこもん》の着物を……」

女将は自分の言葉に頷《うなず》いた。

藍色の霰小紋……。

「倫太郎さん……」

「うん」

倫太郎と結衣は、日本堤で擦れ違った女を思い出した。

浅草今戸に住む岡っ引の万蔵《まんぞう》が、下っ引を従えてやって来た。

「万蔵親分……」

女将と番頭が、安心したように万蔵を迎えた。

「こりゃあ女将さん、遅くなりまして……」

万蔵は媚《こび》を浮かべ、卑屈に腰をかがめた。

岡っ引の今戸の万蔵は、普段から『八百善』に金を貰って番犬の真似《まね》をしている。

倫太郎はそう睨《にら》んだ。

「なんだいお侍さんは……」

万蔵は、倫太郎を胡散臭《うさんくさ》げに見た。

結衣は思わずかっとした。

「私たちは北町奉行所与力……」

「と少々関わりがあってな。偶然、居合わせただけだ。邪魔《じゃま》をしたな」

倫太郎は結衣を遮《さえぎ》り、その手を引いて離れ座敷から出た。

「退《ど》いた、退いた」

倫太郎と結衣は、豪勢な料理を残して料亭『八百善』を後にした。

「もう。どうしたのよ」

結衣は、倫太郎の弱腰に苛立った。

「結衣に縁談がなくなると拙いからな」

倫太郎は苦笑した。

「その時は倫太郎さんに婿養子になって貰うからいいわよ。でも、どういう事よ」

結衣は、五歳年上の従兄に食って掛かった。

「下手《へた》に伯父上の名前を出すと、後が面倒になる」

「面倒って、何よ」

「結衣、旗本磯貝仙十郎殺しは、おそらくうやむやになる」

「どうしてよ」

倫太郎は、厳しい眼を結衣に向けた。

「旗本が昼日中《ひなか》、料理屋で女に殺されたと公儀に知れたらお家は断絶。八百善だって商売に関わる」

「じゃあ……」

「岡っ引の今戸の万蔵が間に入り、闇《やみ》の彼方《かなた》に葬るだろう」

「もう……」

結衣は苛立った。

「万蔵は八百善の飼い犬だ。それぐらいの事はやりかねん」

「だったら、お父上に云い付けて……」

「結衣。おそらく磯貝家は、仙十郎の死を公儀に病死だと届け出る。流石の伯父上もそいつをひっくり返すのは難しいし、磯貝家からも様々な横槍《よこやり》が入る」

「でも……」

「それより結衣。藍色の着物を着た女だ……」

倫太郎は、そよ風に揺れるように去って行った、藍色の着物の女を思い浮かべた。

「そうね……」

藍色の着物の女が、磯貝仙十郎を手に掛けたのか……。

殺《あや》めたとしたら、理由は何なのだ……。

倫太郎は興味を抱いた。

山谷堀には荷船が行き交い、田畑の緑が眩《まぶ》しく続いている。

結衣は吐息を洩《も》らした。どうやら、人殺しに出遭った興奮は冷めてきたようだ。

「どうした」

「うん。あれからどんな凄《すご》い料理が出て来たのかなと思って……」

結衣は淋しげに遠くを眺めた。

倫太郎の笑い声が日本堤に響いた。


北町奉行所は外濠《そとぼり》呉服橋御門内にある。

倫太郎は堀端《ほりばた》に佇《たたず》み、外濠の水面《みなも》の煌《きら》めきを眺めていた。

「やあ……」

北町奉行所から臨時廻り同心の白縫半兵衛《しらぬいはんべえ》がやって来た。

半兵衛は、事件の裏に潜むさまざまな哀《かな》しさを突き止め、関わる気の毒な人を〝知らぬ顔〟をして見逃す同心だった。

「お呼び立てして申し訳ありません」

倫太郎は詫《わ》びた。

「いや。奉行所の中には大久保さまの眼が光っています。私もここの方がいい。で、用ってのは何ですか」

半兵衛は微笑んだ。

「今日、浅草山谷で人殺しがありましたか」

倫太郎は尋ねた。

「いや。聞いていないな」

「じゃあ、何処かの料亭では……」

「そいつも聞いていない」

半兵衛は眉をひそめた。

「でしたら今日、急死した旗本はおりませんか」

「それなら一人、心の臓の病《やまい》で急死したと御公儀に届け出があったと聞きましたよ」

「やっぱり……」

倫太郎は苦笑した。

「そうじゃあないのですか、倫太郎さん」

「はい。実は……」

倫太郎は、料亭『八百善』での一件を半兵衛に話した。

「成る程ね。で、どうするんです」

半兵衛は、倫太郎に厳しい眼を向けた。

「ちょいと調べてみようかと思いまして……」

「そして、黄表紙に書くか……」

「それだけの値打ちがあればです」

倫太郎は小さく笑った。

「よく見極めてね」

「はい。勿論です」

倫太郎は力強く頷いた。

「じゃあ、私も調べてみましょう」

半兵衛は苦笑した。

外濠に走る小波《さざなみ》は夕陽に染まり、赤い煌めきに変わり始めた。

二

直参《じきさん》旗本・磯貝仙十郎は、五百石取りの小普請《こぶしん》組であり、屋敷は下谷《したや》三味線堀傍《そば》、出羽久保田藩佐竹家江戸上屋敷の向かい側にあった。

屋敷は門を閉じ、家督相続に関する公儀の沙汰《さた》を待っていた。

倫太郎は、主である仙十郎の死に静まり返っている磯貝屋敷を見上げた。

「倫太郎さん……」

人影が背後に現れた。

「やあ、鶴次郎さん……」

背後に現れた人影は、白縫半兵衛の手先を務めている役者崩れの鶴次郎だった。

「どうです。ちょいと蕎麦《そば》でも……」

鶴次郎は、いつもの通り派手な緋牡丹《ひぼたん》の絵柄の半纏《はんてん》をまとっていた。

「いいですねえ」

倫太郎は頷いた。


蕎麦屋の二階の座敷から磯貝屋敷の表が見えた。

鶴次郎は迷わず蕎麦屋に入り、二階の座敷にあがった。それは、すでに磯貝屋敷周辺を調べた証《あかし》だった。

倫太郎と鶴次郎は、お銚子《ちょうし》を各々一本と盛り蕎麦を頼んだ。

「昨夜《ゆうべ》、知らん顔の旦那《だんな》から聞きました」

半兵衛は、昨夜の内に鶴次郎と繋《つな》ぎを取り、倫太郎が磯貝仙十郎殺しを密かに調べる事を教えた。鶴次郎は、夜が明けると同時に動いた。

「で、磯貝家ですが、十歳と八歳の息子がいましてね。親類たちは十歳の嫡男《ちゃくなん》に家督を継がせたいと御公儀に届け出たそうです」

「順当なところですが、その嫡男、元服をしているのですか」

「それが、まだだったそうです」

「でしたら……」

「ええ……」

鶴次郎は手酌で酒を飲んだ。

元服前の嫡男に家督を継がせるのは、なかなか面倒で時が掛かる。

「ま、それまで磯貝さまの部屋住みの弟が、後見役として磯貝家を取り仕切ることになるんでしょうね」

「磯貝さんに部屋住みの弟がいるんですか」

倫太郎は猪口《ちょこ》を置いた。

「二つ下の弟がいましてね。ようやく陽《ひ》の当たる場所に出られたってところですか……」

〝部屋住み〟は、二人の兄のいる倫太郎も同じだった。

旗本御家人の家は嫡男が家督を継ぎ、次男三男は他家に養子に行くか独立する以外、長兄の飼い殺しの〝部屋住み〟として生涯を終えるしかない。

〝部屋住み〟となると結婚もままならず、やがては甥に小遣いを貰う〝厄介《やっかい》叔父〟になる。

倫太郎はそれを嫌い、戯作者になろうと夏目家を出た。そして、母方の伯父である大久保忠左衛門の屋敷に居候を決め込んだ。

倫太郎は、仙十郎の死により、ようやく表に出て来た弟に興味を持った。

「その部屋住みの弟、なんて名前ですか」

「確か磯貝鉄之助《てつのすけ》と……」

「磯貝鉄之助……」

倫太郎は、二年遅く生まれたばかりに部屋住みとなった鉄之助に僅《わず》かに同情した。だが、兄の仙十郎が殺され、鉄之助はようやく陽の当たる場所に出た。

「倫太郎さん……」

鶴次郎は、窓の外に見える磯貝家を示した。

岡っ引の今戸の万蔵が、下っ引の留吉《とめきち》を従えて潜《くぐ》り戸《ど》から入って行くのが見えた。

「今戸の万蔵です」

倫太郎は眉をひそめた。

「ええ。南の同心の旦那に手札を貰っている質《たち》の悪い野郎でしてね。磯貝さんが八百善で殺されたことを御公儀に報せず、死体を密かに磯貝家に運んでたっぷり礼金を貰ったはずですよ」

「そして、事件を揉み消して八百善からも礼金を貰いましたか」

「きっとね」

鶴次郎は吐き棄《す》てた。

倫太郎は苦笑した。

「ところで鶴次郎さん、殺された磯貝さん、どんな人だったのですか」

「そいつが、評判はあんまり良くありませんね」

磯貝仙十郎は酒乱の気《け》があり、酔っての喧嘩《けんか》狼藉《ろうぜき》は幾つもあった。無役の小普請になったのも、酒の上での失態によるものだと噂されている。

「で、女の方は……」

「そっちも評判は良くありませんよ。女中なんかの奉公人を手込めにしたとか。ま、こいつは噂ですけどね……」

鶴次郎は鼻先で笑った。

「絵に描《か》いたような悪旗本ですね」

倫太郎は呆《あき》れた。

「それより倫太郎さん、殺された磯貝さまは女と一緒だったとか……」

「藍色の霰小紋の着物を着た女でしてね」

「藍色の霰小紋……」

「ええ。いつの間にか姿を消したそうですよ」

「下手人ですかね」

「きっと……」

倫太郎は頷いた。

「探す手立ては、ありますか」

「実は、それらしい女と日本堤で擦れ違いましてね。顔は覚えています」

「分かりました。じゃあ、倫太郎さんはその女を探して下さい。あっしはしばらく磯貝屋敷を見張ってみます」

「心得ました」

倫太郎と鶴次郎は、銚子を空《あ》けて蕎麦を啜《すす》った。


山谷堀日本堤は新吉原に続いており、遊客たちが行き交っていた。

倫太郎は、藍色の霰小紋の着物を着た女と擦れ違った場所に立った。

藍色霰小紋の着物の女は、日本堤を隅田川に向かって行った。

倫太郎は、擦れ違った場所から隅田川に向かって聞き込みを掛けた。

物売りや駕籠《かご》舁《かき》。そして、山谷堀を行く荷船の船頭。

倫太郎は、聞き込みを掛けながら山谷橋まで来た。山谷橋には船着場がある。倫太郎は客を待つ船頭たちに尋ねた。その中に藍色霞小紋の着物の女を乗せた猪牙舟《ちょきぶね》の船頭がいた。

「その女、藍色霞小紋の着物を着ていたのに間違いないな」

「ああ。ほっそりした良い女だったぜ」

船頭が乗せた女は、どうやら『八百善』から消えた女に間違いなかった。

「それで、何処まで乗せたのかな」

「元鳥越だよ」

「元鳥越……」

「ああ」

「よし、その女が降りた元鳥越まで乗せて行ってくれないか」

「合点《がってん》だ」

倫太郎は猪牙舟に乗った。船頭は、猪牙舟の舳先《へさき》を隅田川に向けた。

猪牙舟は浅草山之宿町から花川戸町沿いに隅田川を下り、吾妻《あづま》橋を潜った。隅田川はそこから大川と呼ばれた。

「その女、猪牙に乗っている間、どんな風だった」

「そいつが、物思いにふけっているってのか、深刻な顔をしていてね。声を掛けるのも遠慮しましたよ」

藍色霰小紋の着物の女は、猪牙舟の船頭と満足に言葉も交わさず、深刻な面持ちでいた。それは、磯貝仙十郎を殺めた恐ろしさに打ちのめされた姿だったのかも知れない。

猪牙舟は竹町之渡、駒形町を過ぎ、御厩《おうまや》河岸から浅草御蔵に差し掛かった。そして、連なる蔵の南端から三味線堀に入った。三味線堀に入った猪牙舟は、蔵前通りを結ぶ鳥越橋を潜り、甚内橋の船着場に船縁《ふなべり》を寄せた。

「ここで降りて元鳥越町に行ったのか」

「ええ」

藍色霰小紋の着物を着た女は、甚内橋の船着場で猪牙舟を降りて元鳥越町に入っていった。

「いろいろ世話になった」

倫太郎は船賃を払い、猪牙舟を降りて元鳥越町に向かった。

元鳥越町は最初は〝鳥越町〟と称した。その謂《い》われは、源頼義・義家父子が奥州征伐に向かう時、海に遮られた。その時、水鳥が海を越えて行くのを見て浅瀬を知り、兵を渡したとされたところからきていた。後に浅草山谷堀の北側に新鳥越町が作られ、以来〝鳥越町〟は〝元鳥越町〟となった。

その元鳥越町と、殺された旗本・磯貝仙十郎の三味線堀傍の屋敷は遠くはない。

藍色霰小紋の着物を着た女は、元鳥越町の何処かにいる……。

倫太郎はそう思った。


磯貝屋敷は喪に服し、表門を閉じたまま動きはなかった。

今戸の万蔵と下っ引の留吉は、半刻前に屋敷を後にしていた。

鶴次郎は、蕎麦屋の店先で見張りを続けていた。

四半刻（三十分）が過ぎた頃、潜り戸から中年の武士が出て来た。

「父《と》っつぁん、ありゃあ何方《どなた》だい」

鶴次郎は、蕎麦屋の主に尋ねた。

「ありゃあ鉄之助さんだぜ」

中年の武士は、殺された仙十郎の弟で部屋住みの鉄之助だった。

ようやく動く……。

鉄之助は、中間《ちゅうげん》に見送られて出掛けて行った。

「父っつぁん、邪魔したな。また来るぜ」

鶴次郎は、緋牡丹の絵柄の半纏を翻《ひるがえ》して鉄之助を追った。

鉄之助は、蝦夷《えぞ》松前藩江戸上屋敷の前を通り、三筋《みすじ》町《まち》に進んだ。

鶴次郎は慎重に尾行した。

鉄之助は三筋町から元鳥越町に入った。途端に足取りが変わった。

鶴次郎は咄嗟《とっさ》に物陰に隠れた。

鉄之助が背後を警戒し、周囲を油断なく窺い始めたのだ。

鶴次郎は見守った。

鉄之助は、尾行者を警戒しながら足早に進んだ。

他人に知られては拙い処《ところ》に行く……。

鶴次郎は、鉄之助が急に警戒し始めた理由を読んだ。そして、緋牡丹の半纏を濃紺地の裏に返してまとい、慎重な尾行を始めた。

元鳥越町には鳥越明神がある。鳥越明神は、源頼義・義家父子の故事によって創建されたとされる。

鉄之助は、鳥越明神の裏手にある明神長屋の木戸を潜り、一番奥の家の腰高障子をそっと叩《たた》いた。腰高障子が中から開けられた。鉄之助は素早く家の中に入った。

鶴次郎は見届けた。

明神長屋には誰《だれ》が住んでいるのだ……。

鶴次郎は木戸口に潜んだ。

藍色霰小紋の着物の女の手掛かりは何も得られない。

倫太郎は、足を棒にして元鳥越町を歩き廻った。だが、結果は虚《むな》しいものでしかなかった。

藍色霰小紋の着物の女の痕跡《こんせき》は、甚内橋の船着場附近に僅かに残されていた。だが、僅かに残されていた痕跡もすぐに消え、藍色霰小紋の着物の女の行方は分からなくなった。

陽は西に傾き始めた。

倫太郎は吐息を洩らした。

今日はこれまでだ……。

倫太郎は、重い足取りで蔵前通りに向かった。


明神長屋の一番奥の家の腰高障子が開き、鉄之助が現れた。

鉄之助は鋭い眼差しで辺りを窺い、足早に明神長屋を出た。

鶴次郎は迷った。

鉄之助を追うか、それとも明神長屋の一番奥の家に住む者を見定めるか……。

鶴次郎は鉄之助を追った。

長屋の家々からおかみさんたちが現れ、井戸端で賑やかに晩飯の仕度《したく》を始めた。

元鳥越町を出た鉄之助は、夕暮れの町を三筋町の通りに戻り、夕陽が沈み始めた西に向かった。

鉄之助は影を背後に長く伸ばし、小旗本や御家人たちが暮らす御徒町《おかちまち》に進んだ。その足取りには、鳥越明神裏の長屋に行く時とは違って警戒心はなかった。

行き先は知られて困る処ではない……。

鶴次郎は追った。

鉄之助は御徒町を抜け、下谷広小路・不忍池《しのばずのいけ》に出た。そして、池之端《いけのはた》の料亭『葉月』に入った。

料亭『葉月』で鉄之助は誰かと逢《あ》う……。

鶴次郎は、料亭『葉月』の門前の木陰に潜んだ。

町駕籠が二丁、料亭『葉月』の門を入り、店先に着いた。仲居や下足番の老爺《ろうや》が迎えに現れ、町駕籠を降りた人の姿を隠した。

拙い……。

このままでは、訪れる客の顔もはっきりしないし、誰が鉄之助の逢う相手なのかも分からない。

鶴次郎は焦《あせ》った。

その時、料亭『葉月』の裏手から町娘が女将に送られて出て来た。

鶴次郎は、町娘の顔を見て飛び出した。

「お嬢さん……」

「あら、鶴次郎さん」

驚いた町娘は、柳橋《やなぎばし》の船宿『笹舟』の娘のお糸《いと》だった。

「お久し振りにございます。今日は……」

「おっ母《か》さんの使いです。葉月の女将さんとおっ母さん、幼馴染《おさななじ》みなんですよ」

お糸は『葉月』の女将を示した。

「これはこれは、葉月の女将さんでございますか。鶴次郎と申します」

「女将さん、鶴次郎さんはうちのお父っつぁんのお仲間なんですよ」

「あら、じゃあお上《かみ》の御用を……」

女将を声を潜めた。

「はい。柳橋の弥平次《やへいじ》親分には可愛《かわい》がって戴《いただ》いております」

「まあ、そうなの……」

女将は、鶴次郎が幼馴染みのおまき一家と親しいのに安心したのか、微笑んだ。

「はい」

「じゃあ女将さん、鶴次郎さん、私はこれで失礼します」

「あら、そう。じゃあ、おまきちゃんによろしくね」

「はい」

「お嬢さん、お送りしたいのですが……」

「大丈夫ですよ、鶴次郎さん。じゃあね」

「お気をつけて……」

鶴次郎は、柳橋に帰って行くお糸を見送った。

「それで鶴次郎さん、うちに何か御用なんですか」

女将は長い客商売のせいか、鋭い勘をしていた。

下手に隠し立てをするより、正直に云った方がいい……。

鶴次郎はそう判断した。

「はい。実は……」

鶴次郎は、旗本・磯貝鉄之助の事を告げた。

「じゃあ、そのお旗本が誰と逢うのか知りたいのね」

「はい。出来るものなら……」

「だったら、こんな処にいないで、店を手伝っておくれ」

女将は苦笑した。

「助かります」

鶴次郎は顔を輝かせ、女将に礼を述べた。

赤い夕陽は沈み、空は藍色に変わっていた。


その夜、磯貝鉄之助の座敷には、三人の武士が訪れた。

鶴次郎は下足番の老爺を手伝いながら、三人の素性を洗った。白髪頭の老武士は磯貝一族の長老であり、残る二人は目付《めつけ》の阿部《あべ》監物《けんもつ》とその家来だった。

鉄之助と磯貝一族の長老は、旗本御家人を監察する目付を饗応《きょうおう》して磯貝家の安泰を図っているのだ。

鉄之助は幇間《ほうかん》のように振る舞い、如才《じょさい》なく阿部をもてなした。

家や扶持米《ふちまい》を守るのは大変だ……。

鶴次郎は、『葉月』の奉公人を装って見届けた。

薬師堂の境内《けいだい》には心地良い微風が吹き抜けて、木洩《こも》れ日《び》が揺れていた。

倫太郎と鶴次郎は、茶店の縁台に腰掛けて茶を啜った。

「へえ、一族の長老と目付の饗応ですか……」

「ええ。幇間も顔負けのもてなし振りでしてね。お侍も大変だ」

鶴次郎は鼻先で笑った。

「御先祖さまが命懸けで手にした扶持米。子孫はそいつに食わせて貰うか……」

倫太郎は、淋しげに揺れる木洩れ日を眺めた。

「磯貝仙十郎さまが殺されて、一番喜んでいるのは鉄之助かも知れませんね」

鶴次郎は皮肉な笑みを浮かべた。

「まさか……」

「ま、しばらく張り付いてみますよ」

鶴次郎は、仙十郎殺しに鉄之助が絡んでいると睨んでいる。

「倫太郎さんの方はどうでした」

「それなんですが。藍色の着物の女、山谷橋の船着場から猪牙に乗っていましてね」

「で、何処に……」

「三味線堀の甚内橋で降りていました。元鳥越町の何処かに……」

「元鳥越町ですか……」

鶴次郎は眉をひそめた。

「ええ。分かったのはそこまでです」

倫太郎は吐息を洩らした。

「倫太郎さん。磯貝鉄之助ですが、三味線堀の屋敷を出てから、鳥越明神裏の明神長屋の一番奥の家を訪ねましてね」

「鳥越明神……」

「ええ……」

鶴次郎は頷いた。

鳥越明神は元鳥越町にある。

倫太郎に緊張が湧いた。

「その一番奥の家には、誰が住んでいるんですか」

倫太郎は手にしていた茶を置いた。

「さあ、そいつはまだ……」

鶴次郎は首を捻った。

「じゃあ、ひょっとしたらひょっとするかも知れませんね」

倫太郎は身を乗り出した。

「ええ……」

鶴次郎は、笑みを浮かべて茶を啜った。

「じゃあ、私は鳥越明神裏の明神長屋に行ってみます」

倫太郎は張り切った。

木洩れ日が大きく揺れて煌《きら》めいた。

三

鳥越明神裏の明神長屋は忙しい朝も過ぎ、赤ん坊の泣き声が響いていた。

倫太郎は木戸口に潜み、一番奥の家を見守った。

明神長屋の大家によれば、一番奥の家には中原綾乃《なかはらあやの》という三十歳前後の女が一人で暮らしている。

中原綾乃は浪人の娘であり、大店《おおだな》の娘や子供に手習いと礼儀作法を教えて暮らしを立てていた。

中原綾乃が、藍色霰小紋の着物の女なのか……。

倫太郎は、綾乃の顔を見定めようとした。

半刻が過ぎた。

一番奥の家の腰高障子が開き、中原綾乃と思われる女が出て来た。

倫太郎は眼を見張った。

藍色霰小紋の女……。

中原綾乃は、藍色霰小紋の着物を着た女に間違いなかった。

倫太郎は、息を詰めて綾乃を見守った。

磯貝仙十郎を殺めたと思われる綾乃は、仙十郎の弟・鉄之助と何らかの関わりがある。

倫太郎は戸惑った。

綾乃は風呂敷包を抱え、戸締まりをして出掛けた。

倫太郎は尾行した。


蔵前通りに出た中原綾乃は、神田川に架かる浅草御門を渡って両国広小路に出た。そして、広小路にある呉服屋『近江屋《おうみや》』に向かった。

「こんにちは……」

綾乃は、呉服屋『近江屋』の表を掃除していた丁稚《でっち》に声を掛けた。

「あっ。おいでなさいまし。お師匠さま」

丁稚は嬉《うれ》しげに挨拶をした。

「彦一《ひこいち》さん。手習い見てあげるから、後で稽古《けいこ》をしたの持っていらっしゃい」

「はい」

丁稚の彦一は元気に頷いた。

綾乃は微笑み、『近江屋』の裏手に廻っていった。

どうやら綾乃は、呉服屋『近江屋』の子供に手習いと礼儀作法を教えているようだ。

倫太郎は、綾乃の詳しい素性と磯貝鉄之助との関わりを調べる事にした。


三味線堀傍の磯貝屋敷は、表門を閉じて喪に服し続けていた。だが、その神妙さは表向きだけであり、裏では仙十郎の醜態を隠して家の存続を画策している。

鶴次郎は、武士の世界の表と裏を密かに笑った。

「兄い……」

蕎麦屋の親父が階段をあがって来た。

鶴次郎は、蕎麦屋の二階を金を払って借り、磯貝屋敷の見張り場所にしていた。

「どうしたい」

「うちの路地に妙な三下《さんした》が隠れていやがるんだが、兄いと関わりあるのかな」

「妙な三下……」

鶴次郎は階段を下り、板場から路地を覗いた。

路地の入口に留吉が潜み、斜向《はすむ》かいの磯貝屋敷を見張っていた。

今戸の万蔵の下っ引の留吉……。

鶴次郎は意外な思いに駆られた。

今戸の万蔵は、鉄之助に金を貰って仙十郎が殺された事を闇に葬ったはずだ。つまり、万蔵と鉄之助は手を組んだはずなのだ。だが、留吉が磯貝屋敷を見張っている。おそらく万蔵の命令に違いない。

何故《なぜ》だ……。

鶴次郎は思いを巡らせた。そして、一つの結論に辿《たど》り着いた。

質《たち》の悪い万蔵は、仙十郎が殺された事の他に、金づるになる別の弱味を摑《つか》もうとしているのだ。

万蔵の質の悪さに底はなく、磯貝家を骨の髄までしゃぶろうとしている。

磯貝家にとり、万蔵は仙十郎の死の真相を葬ってくれた恩人だが、食い物にしようと狙っている敵でもあるのだ。

鉄之助は、そうした万蔵の汚さと恐ろしさを知らなかった。

まるで餓《う》えた狼《おおかみ》と狡猾《こうかつ》な狐《きつね》だ……。

鶴次郎は嘲《あざけ》りを浮かべ、一計を案じた。

「父っつぁん、磯貝家の奉公人に知り合いはいるかい」

「下男の茂平《もへい》ってのが、時々蕎麦を食いに来るよ」

「じゃあ、その茂平に三下が屋敷を見張っていると教えてやるんだな」

「いいのかい」

「ああ。殿さまに早く教えた方がいいってな」

鉄之助がどう出るか……。

鶴次郎はそこに興味があった。

蕎麦屋の親父《おやじ》は、磯貝家の下男の茂平に妙な三下が屋敷を見張っていると教えた。そして、殿さまに早く報せるように勧めた。

鶴次郎は、鉄之助の出方を待った。

四半刻が過ぎた。

着流しの鉄之助が、編み笠を手にして潜り戸から出て来た。

鶴次郎は見守った。

鉄之助は鋭い眼差しで辺りを窺い、編み笠を被って下谷に向かった。路地から留吉が現れ、鉄之助の後を追った。

さあてどうなるか……。

鶴次郎は楽しげに二人を追った。


鉄之助は御徒町を抜け、湯島天神裏門坂道から切り通しに進んだ。そして、湯島天神裏の雑木林に入って行った。留吉は追って雑木林に入った。

鶴次郎は、不吉な予感に突き上げられた。

湯島天神裏の雑木林は、昼間でも薄暗かった。

鉄之助が立ち止まった。

留吉は慌てて木陰に隠れた。

鉄之助は振り返り、素早く留吉に襲い掛かった。留吉に逃げる暇はなかった。鉄之助は留吉を殴り飛ばし、押さえつけた。

「その方《ほう》、万蔵の……」

「お、お許しを……」

留吉は悲鳴をあげた。

鶴次郎は息を殺し、茂みの陰から見守った。

「何故、俺を尾行る」

鉄之助は留吉を締め上げた。

「そ、それは……」

留吉は返事を躊躇《ためら》った。

「云え」

鉄之助は、留吉の頬《ほお》を張り飛ばした。

「お、お殿さまと八百善から逃げた女に関わりがあって、お殿さまが必ず女の処に行くから突き止めろって……」

「そう万蔵が命じたのか」

「へい……」

「おのれ、万蔵……」

鉄之助は怒りを覚えると共に、万蔵の鋭さに密かに恐れを抱いた。

今戸の万蔵は、鉄之助と『八百善』から消えた女の関わりを突き止めて脅し、生涯の金づるにする気なのだ。

このままにしてはおけぬ……。

鉄之助は刀を抜いた。

「た、助けてくれ」

留吉は恐怖に激しく震え、命乞いをした。だが、鉄之助に情け容赦はなく、冷酷な笑みを浮かべて刀を構えた。

「人殺し。人殺しだ。誰か来てくれ、人殺しだ」

鶴次郎は大声で叫んだ。

鉄之助は狼狽した。

「誰か、誰か来てくれ。人殺しだ」

鶴次郎はなおも騒ぎ立てた。

「くそ」

鉄之助は留吉を突き放し、雑木林の奥に逃げた。

鶴次郎は、木陰と茂み伝いに鉄之助を追った。


倫太郎は、呉服屋『近江屋』界隈《かいわい》に聞き込みを掛けた。

中原綾乃の評判は良かった。

大店の娘たちに手習いと礼儀作法を教える仕事は、雇い主たちが知り合いを紹介してくれて途切れる事はなかった。

倫太郎は、綾乃と仙十郎や鉄之助の関わりを探った。だが、三人の関わりを調べる手立てはなかった。

両国広小路の賑わいは続いた。

「倫太郎さんじゃありませんか」

雑踏を行く倫太郎の名を呼ぶ者がいた。しゃぼん玉売りの由松《よしまつ》だった。

「やあ、由松さんでしたか……」

しゃぼん玉売りの由松は、岡っ引・柳橋の弥平次の手先であり、戯作者〝閻魔《えんま》亭《てい》居候《いそうろう》〟こと夏目倫太郎の書く黄表紙の愛読者だった。

「何をしてんですか」

「ちょいと調べ事をね」

「調べ事って、黄表紙に書くんですか」

由松は、興味津々だった。

「そいつはまだ分かりません」

倫太郎は笑った。

「何でしたらお手伝いしましょうか」

由松は身を乗り出した。

柳橋の弥平次と由松たち配下は、北町奉行所の白縫半兵衛や南町奉行所与力・秋山久蔵《あきやまきゅうぞう》に信任の厚い者たちだ。頼りになるし、信用も出来る。

倫太郎は、磯貝仙十郎殺害の件と綾乃の事を話した。

「へえ、そんな事があったんですか」

由松は、闇に葬られた一件に驚いた。

「ええ。それで磯貝鉄之助は鶴次郎さんが見張ってくれています」

「鶴次郎の兄いが……。じゃあ、あっしは綾乃と磯貝家の関わりを調べてみますぜ」

「お願い出来ますか」

「任せて下さい」

「じゃあ、私は綾乃を見張ります」

「それがいいですね」

由松は倫太郎と別れ、鳥越明神裏の明神長屋に向かった。

倫太郎は、呉服屋『近江屋』から綾乃が出て来るのを待った。

湯島天神裏の雑木林を抜けた鉄之助は、不忍池の畔《ほとり》に佇んだ。

不忍池は蓮《はす》の葉で覆われ、水鳥が遊んでいる。

屋敷を監視し、自分を見張っていたのは、今戸の万蔵の下っ引の留吉だった。

万蔵には、兄・仙十郎が殺された件を始末してくれた礼に二十五両を渡した。だが、万蔵は、兄の仙十郎を殺めて逃げたとされる女を追っている。

仙十郎を殺めた女の背後には、磯貝家の家督を狙った鉄之助が潜んでいる。

万蔵はそう睨み、女を捕えて証拠を手に入れ、鉄之助を金づるにしようと企《たくら》んでいる。

「おのれ……」

鉄之助は怒りを覚えた。

今戸の万蔵は、武家の弱味につけ込んで金を手に入れる強《したた》か者であり、生易《なまやさ》しい事で手を引くとは思えない。

公儀に訴えれば、仙十郎の死の真相が公《おおやけ》になり、磯貝家は取り潰《つぶ》しになる。

鉄之助にそうした弱味がある限り、万蔵は黙ってはいない。磯貝家に執念深く付きまとうのは眼に見えている。

長い部屋住みの惨めさに耐え、ようやく手にした磯貝家の家督だ。万蔵の金づるにされてなるものか……。

鉄之助は、怒りが静かに五体に広がるのを感じた。

斬《き》る……。

だが、留吉を殺そうとしたのを万蔵が知ったなら、大人《おとな》しく仕掛けて来るのを待っているはずはない。すでに何らかの手を打ち、鉄之助を待ち構えているかも知れない。

何としてでも、我が身は護《まも》らなくてはならない……。

鉄之助は焦りを覚えた。

鶴次郎は、池の畔に佇む鉄之助を木立の陰から見守っていた。

留吉の監視を報せた効果は充分にあった。

鉄之助に万蔵への怒りが湧き、両者を離反させたのは大きかった。

この後、鉄之助はどうするのか……。

鶴次郎は鉄之助を見守った。

水鳥が甲高く啼《な》いて飛び、不忍池の水面に小波が走った。


呉服屋『近江屋』は客で賑わっていた。

倫太郎は、両国広小路の雑踏に潜み、綾乃が出て来るのを待った。

時が過ぎ、綾乃が『近江屋』の裏手から娘たちに見送られて出て来た。

綾乃は、『近江屋』の二人の娘と別れ、店の表に廻った。そこには丁稚の彦一が忙しく雑用に追われていた。綾乃は彦一を物陰に呼び、風呂敷包から使い古した一本の筆を取り出して渡した。彦一の顔が喜びに輝き、綾乃に礼を述べた。綾乃は微笑み、何事かを彦一に云ってその場を離れた。

彦一は何度も頭を下げて見送った。

綾乃は、両国広小路の雑踏を神田川沿いの柳原通りに向かった。

綾乃は使い慣れた筆を他人に与えた。

何故だ……。

倫太郎は湧きあがる疑問を抱え、綾乃を追った。

柳原通りは、神田川に架かる浅草御門から筋違御門《すじかいごもん》までの間をいう。

綾乃が鳥越明神裏の家に帰るのなら、浅草御門を渡って蔵前通りを行くのが一番近い。だが、綾乃は浅草御門を渡らず、柳原通りを真《ま》っ直《す》ぐ進んだ。

何処に行く気だ……。

倫太郎は僅かに緊張し、綾乃を尾行した。


三味線堀傍の磯貝屋敷の潜り戸は、音もなく素早く閉められた。

鉄之助は屋敷に戻った。

鶴次郎は見届け、蕎麦屋に入った。

「父っつぁん、今戻ったぜ」

奥にいた親父が顔を見せた。

「兄い、ちょいと前に今戸の万蔵が来たぜ」

「万蔵が……」

「ああ。二階の座敷を借りてえってな」

万蔵は、磯貝屋敷の見張りに本腰を入れる気になったようだ。

「で、どうしたんだい」

「居候がいるから駄目だと断ったよ」

「そいつは助かった」

鶴次郎は礼を云って階段をあがり、窓の外を窺った。

磯貝屋敷の周りに不審な者はいなかった。


湯島天神の境内は参拝客も途絶え、午後の気怠《けだる》さが漂っていた。

綾乃は拝殿に手を合わせ、茶店の縁台に腰掛けて茶を頼んだ。

「あら、綾ちゃんじゃあない」

奥から出て来た茶店の若女房が、綾乃に笑顔を向けた。

「赤ちゃん、大きくなった。お京《きょう》ちゃん」

綾乃は親しげに笑った。

「おかげさまで。もう、はいはいするのよ」

お京は嬉しげに報告した。

綾乃とお京は、幼馴染みらしくお喋《しゃべ》りに花を咲かせた。

倫太郎は、茶店の横に立てかけられた西日避《よ》けの葦簾《よしず》の陰に潜んだ。

「それで綾ちゃん。鉄之助さまとどうなったの」

お京は心配げに尋ねた。

「お京ちゃん。鉄之助さま、兄上さまが亡くなられて、磯貝家の家督を継がれたのよ」

「家督を……」

お京は驚いた。

「ええ」

「じゃあ、綾ちゃんはどうなるのよ」

「鉄之助さまは磯貝家のお殿さま。もう私の手の届かない処に行ったのよ」

綾乃の声には笑みが含まれている。

「でも、あんなに尽くしたのに……。それでいいの綾ちゃん」

「相手は五百石取りのお旗本。私は天涯孤独の貧乏浪人の娘。どうしようもないのよ」

綾乃は、感情の昂《たかぶ》りを押し殺して淡々と語った。

「綾ちゃん……」

お京の声に涙が滲《にじ》んだ。

綾乃と鉄之助は、情を交わした仲なのだ。

倫太郎は知った。

「茶を戴きましょうか……」

大店の隠居風の老人が、縁台に腰掛けた。

「は、はい。只今《ただいま》……」

お京は慌てて涙を拭《ぬぐ》い、店の奥に入って行った。

綾乃は茶店を出た。その後には、茶代と銀簪《ぎんかんざし》が残されていた。

倫太郎はそれを一瞥《いちべつ》し、綾乃を追った。

西日が湯島天神の境内に広がり始めた。

鳥越明神は夕陽に赤く染まった。

綾乃は明神長屋に戻り、一番奥の家に閉じ籠《こ》もった。

倫太郎は見届け、長屋の木戸口に潜んだ。

おそらく綾乃はもう出掛けはしない。

倫太郎はそう睨み、三味線堀傍の磯貝屋敷を見張っている鶴次郎の処に行こうと考えた。

「倫太郎さん……」

しゃぼん玉売りの由松が現れた。

「由松さん……」

「綾乃、戻ったのですか」

由松は一番奥の家を示した。

「ええ、今しがた……」

「じゃあ、今日はもう動かないでしょう」

由松の見方は倫太郎と同じだった。

「はい。それで何か分かりましたか」

「ええ。いろいろとね……」

「じゃあ、鶴次郎さんの処に行きましょう」

倫太郎は由松を連れ、鶴次郎の許に向かった。

鳥越明神から三味線堀までは遠くはない。

倫太郎と由松は、磯貝屋敷の斜向かいの蕎麦屋に裏口から入った。

「鶴次郎の兄い」

「おう。由松じゃあないか……」

鶴次郎は、窓辺で倫太郎と由松を迎えた。

「両国広小路でばったり逢いましてね。手伝って貰いました」

「そいつはよかった。ご苦労だったな由松」

「いいえ。閻魔亭居候先生が黄表紙を書くお手伝いになればと思いましてね」

由松は嬉しげに笑った。

「そういやあ由松は、倫太郎さんの書いた黄表紙をぜんぶ読んでいるんだったな」

「はい。面白いし、時々鶴次郎の兄いやあっしたちも出て来るんですぜ」

「由松さん、閻魔亭の黄表紙の話はそれぐらいでいいですよ」

倫太郎は苦笑した。

「それで鶴次郎さん、何か動きはありましたか」

「そいつがいろいろありましたよ」

鶴次郎は面白そうに笑った。

四

倫太郎と鶴次郎が情報を交換し終えた時、座敷はすでに暗くなっていた。

由松が、手際よく行灯《あんどん》に火を入れた。

「そうですか、今戸の万蔵が妙な動きをし始めましたか」

「ええ。質の悪い野郎ですからね。何を企んでいるのやら……」

「うちの親分に調べて貰いましょうか」

由松の親分である柳橋の弥平次は、人情味溢《あふ》れる老練な岡っ引だった。

「倫太郎さん、そうして貰った方がいいかもしれませんね」

「はい。じゃあ由松さん、弥平次の親分によろしくお伝え下さい」

「分かりました」

「それにしても、綾乃と鉄之助が情を交わしていたとはね」

鶴次郎は吐息を洩らした。

「それで由松さん。綾乃と鉄之助、どういう関わりか分かりましたか」

「ええ。磯貝家の親類の奉公人たちに聞いたのですが、綾乃は磯貝家の奥向きの女中として奉公していましたよ」

　由松は報告した。

「奥向き女中と部屋住みですか……」

「ええ。その頃、鉄之助は兄貴の仙十郎に随分と苛《いじ》められていたそうでしてね。それを目《ま》の当たりにした綾乃が同情したのか、次第にいい仲になったそうです。ですが、不義はお家の御法度《ごはっと》」

「綾乃は身を引いたのか……」

　鶴次郎が話を引き取った。

「それもあるそうなんですが……」

　由松は眉をひそめた。

「他にも何かあるのか」

「ええ。仙十郎が綾乃を手込めにして、自分の妾《めかけ》にしようとしたとか……」

「酷《ひど》い真似をしやがる」

　鶴次郎は吐き棄てた。

「それで、綾乃は磯貝家から暇を取り、仙十郎から逃げ出したか……」

　倫太郎は、憮然《ぶぜん》とした面持ちになった。

「はい」

由松は頷いた。

「綾乃はその時の恨みを晴らしたかったのか、あるいは愛《いと》しい鉄之助に磯貝家の家督を継がせたい一心で仙十郎を手に掛けたのか……」

倫太郎は、綾乃が仙十郎を殺めた理由を読んだ。

「両方ってのもありますよ」

鶴次郎が厳しい面持ちで告げた。

「ええ……」

「こうしてみると、仙十郎って野郎、殺されても仕方がねえな」

由松は嘲りを浮かべた。

「とにかくこれで、無事に片付いたはずの仙十郎殺しは、また動き出すでしょう。私は綾乃の長屋に戻ります」

「じゃあ、あっしも笹舟に戻って親分に事の次第を……」

倫太郎と由松は、鶴次郎を残して蕎麦屋の二階を下りて行った。

燭台《しよくだい》の灯《あか》りは不安げに瞬《またた》いた。

今戸の万蔵の狙いは金だ。その金の無心を蹴《け》ったところで、万蔵が畏《おそ》れながらとお上に訴え出る心配はない。だが、煩《わずら》わしく付きまとうのは眼に見えている。そして、仙十郎を手に掛けた女が、自分と関わりの深い綾乃だと知ったら牙《きば》を剝《む》くに決まっている。

綾乃は仙十郎を殺めたのを認め、江戸を立ち去るつもりでいる。鉄之助は纏《まと》まった金を渡すと約束した。綾乃に報いるにはそれしかない。いずれにしろ邪魔者は、今戸の万蔵なのだ。

万蔵を斬り棄てて闇に葬り、下手な企みを打ち砕く……。

己と磯貝家五百石を守るには、邪魔者は始末しなければならない。

最早《もはや》、万蔵を殺すしか手立てはない……。

思案は先刻から同じ処を何度も廻っていた。

鉄之助は己に苛立ち、焦りを覚えずにはいられなかった。

「鉄之助さま……」

障子に義姉付きの女中の影が映った。

「何用だ」

「奥方さまがお話ししたいことがあると……」

女中は遠慮がちに告げた。

「義姉上《あねうえ》が……」

「はい」

「今宵はもう遅い。明日にするように伝えるがよい」

鉄之助は、義姉の申し出を拒否した。

「は、はい」

女中は怯えたように立ち去った。

鉄之助は嘲笑《ちょうしょう》を浮かべた。

仙十郎が殺されて以来、磯貝家での鉄之助の立場は大きく変わった。義姉や甥たちとは、立場が逆転したといっていい。

兄を始め、義姉と甥たちに与えられる屈辱に堪えた部屋住みの身からようやく脱け出したのだ。それを守る為には、たとえ義姉や甥であろうとも容赦はしない。

容赦はしない……。

呟《つぶや》きと共に新たな思案が閃《ひらめ》いた。

「容赦はしない……」

鉄之助は、新たな思案が綾乃の顔になるまで呟いた。

大川から櫓《ろ》の音が響いていた。

「今戸の万蔵か……」

柳橋の弥平次は眉を曇らせた。

「はい……」

しゃぼん玉売りの由松は、親分の弥平次に事の次第を報告した。

「それで、倫太郎さんと鶴次郎が動いているのか」

「はい」

由松は大きく頷いた。

「それにしても今戸の万蔵。お上にお報せもせず、金儲《かねもう》けにするとは呆れた野郎だな」

「まったくです」

「よし。万蔵は幸吉《こうきち》と雲海坊《うんかいぼう》に見張らせ、俺は万蔵に手札を渡した南町の同心の旦那に逢ってみるよ」

「はい。で、あっしは……」

「引き続き倫太郎さんと鶴次郎の手伝いをするんだな」

「承知しました」

「探索に使いな」

弥平次は、長火鉢の抽斗《ひきだし》から小粒の紙包みを出して由松に渡した。

「ありがとうございます」

弥平次は、配下の者たちが他人の秘密を知って悪用するのを恐れ、手先たちに生業《なりわい》を持たせて探索の掛かりを渡していた。

「それにしても、お武家さんの家ってのは面倒な事が多いな」

弥平次は呆れたように苦笑した。


鳥越明神裏の明神長屋は亭主たちが仕事に出掛け、朝食の後片付けと洗濯をするおかみさんたちで騒がしかった。

一刻が過ぎ、井戸端に人気《ひとけ》がなくなった。

一番奥の家から綾乃が現れ、僅かな食器を洗い、洗濯を始めた。

綾乃は、長屋の他の者たちの邪魔にならないように暮らしている。長屋のおかみさんたちも綾乃の気遣いを認め、陰口も叩かず邪険にもしていない。

綾乃は華奢《きゃしゃ》な背中を揺らし、一心に洗濯をしている。

倫太郎は、綾乃の賢さを知った。

そんな賢い綾乃が何故、磯貝仙十郎を手に掛けたのだ。

昔、手込めにされた恨みなのか、それとも部屋住みの鉄之助を哀れんでの凶行なのか……。

いずれにしろ、綾乃に仙十郎を殺める理由はあるのだ。そして、磯貝鉄之助は綾乃の凶行に関わっているのか。

倫太郎は、洗濯をする綾乃を見守った。

綾乃は、倫太郎の視線を感じたように振り返った。

倫太郎は素早く隠れた。

綾乃は怪訝な面持ちで視線を戻し、洗濯を終えて家に入っていった。

倫太郎は見送った。


南町奉行所の中庭は日差しに溢れていた。

「今戸の万蔵か……」

南町奉行所与力・秋山久蔵は、眉をひそめて茶を啜った。

「はい。万蔵の手札はどなたが……」

弥平次は濡縁《ぬれえん》に腰掛け、湯呑《ゆのみ》茶碗を置いた。

「確か定町《じょうまち》廻りの黒沢《くろさわ》だと思うが……」

「黒沢兵衛《ひょうえ》の旦那ですか」

「ああ。で、万蔵が何か仕出かしたか」

「ええ。まあ……」

倫太郎たちのしている事を手柄顔で告げる事は出来ない。

弥平次は言葉を濁した。

「ま、詳しいことは聞くまい」

久蔵は苦笑した。

「畏れ入ります」

「弥平次、もし万蔵が眼に余る事をしているのなら遠慮はいらねえ、お縄にしな」

「お縄に……」

「ああ。黒沢には俺が話をつける」

「ありがとうございます」

「なあに、万蔵の噂は俺も時々耳にしている。いつまでも野放しにはしちゃあ置けねえ」

久蔵は屈託なく笑った。その笑顔は、日差しを受けて眩しかった。


今戸の万蔵は下っ引の留吉を従え、三味線堀の磯貝屋敷に向かっていた。

磯貝鉄之助は、見張っていた留吉を誘《おび》き出して斬り棄てようとした。その行為の裏には、仙十郎を殺した女との関わりを窺わせた。

睨んだ通りだ……。

仙十郎を殺した女を見つけ出し、鉄之助との関わりを暴いて金づるにする。

万蔵は嘲りを浮かべた。

「親分……」

今戸の家から浅草広小路を抜け、蔵前の通りに入った時、留吉が囁いてきた。

「どうした」

「後ろから来る坊主。柳橋の親分の処の雲海坊じゃありませんか」

「雲海坊……」

万蔵は眉をひそめて振り返った。

背後から来た托鉢《たくはつ》坊主が立ち止まり、経を読み始めた。托鉢坊主は、柳橋の弥平次の手先を務める雲海坊に間違いなかった。

「親分……」

「ああ、間違いねえ」

万蔵は吐き棄てた。

雲海坊が尾行て来ているとなると、柳橋の弥平次が動いている……。

万蔵は気付き、背筋に悪寒《おかん》を感じた。

「こりゃあ、今戸の万蔵親分じゃありませんか」

弥平次の下っ引の幸吉が、路地から現れた。

万蔵の背筋の悪寒が広がった。

「なんだ。幸吉じゃあねえか」

万蔵は、広がる悪寒を懸命に抑えた。

「いろいろとお忙しいようで、お噂は聞いておりますぜ」

幸吉は笑った。

「噂だと……」

「へい。うちの弥平次も心配しておりますよ」

「柳橋の親分が……」

万蔵は微かに怯《ひる》んだ。

「余り噂が高くなると、お上も放っちゃあ置かないと……」

柳橋の弥平次が声を掛ければ、江戸の岡っ引の半数は動くと囁かれている。幸吉はその弥平次の下っ引であり、雲海坊は手先だ。

弥平次に知られた……。

万蔵の悪寒は恐怖に変わり、小刻みな震えをもたらした。

幸吉と雲海坊は、弥平次に命じられて警告をしに来たのだ。

下手な抗《あらが》いは命取りになる……。

万蔵は覚悟を決めた。

「そうかい。ま、柳橋の親分によろしく伝えてくれ。留吉、帰るぜ」

万蔵は、留吉を従えて踵《きびす》を返した。

雲海坊が、大声で経を読みながら見送った。

幸吉は苦笑した。

「このまま大人しく引き下がるかな」

「さあな……」

「ま、俺が見張るぜ」

「ああ。俺は八百善に行って旦那や女将を締め上げてみるよ」

幸吉と雲海坊は、それぞれのやる事を決めた。

鉄之助は編み笠を被り、辺りを警戒しながら屋敷を出た。

最早これしかない……。

鉄之助は覚悟を決めていた。

廻り出した歯車は、すでに止める事も戻す事も出来ない。

鉄之助は、思いがけず手にした磯貝家を握り締めて前に進むしかないのだ。

鶴次郎は、蕎麦屋を出て尾行を開始した。

「鶴次郎の兄い……」

由松が路地から現れた。

「おう。丁度よかった。鉄之助を追うぜ」

「合点だ」

鶴次郎と由松は鉄之助を追った。


明神長屋は昼下がりの静けさに包まれていた。

綾乃に動きはなかった。

倫太郎は木戸口で見張り続けた。

筆と銀簪……。

倫太郎の脳裏に不意に浮かんだ。

それは、呉服屋『近江屋』の丁稚に与えた筆と、幼馴染みのお京に残した銀簪だった。

筆と銀簪に何か意味はあるのか……。

倫太郎は気になった。

竈《かまど》の火は燃え上がり、鉄之助からの手紙などを焼き尽くした。

汚れ物を洗濯し、数少ない着物などは片付け終えている。

綾乃は手紙を書き始めた。『ご迷惑をお掛けします。着物や家具、よろしければお分けください。不要ならば売り払い、長屋のみなさんのお役に立ててください』

綾乃は文字を崩さず手紙を書き、押し入れから懐剣を取り出して抜き払った。

懐剣の刃は拭い取った血脂《ちあぶら》に曇っていた。

綾乃は見つめた。

覚悟は仙十郎と逢った時に出来ている……。

曇った刃に映る綾乃の顔は、泣いているかのように歪《ゆが》んでいた。


綾乃の家の腰高障子が開いた。

倫太郎は木戸の奥に潜んだ。

藍色の着物を着た綾乃が現れた。

日本堤で擦れ違った綾乃だ……。

綾乃は長屋を見廻した。懐かしげな優しい眼差しだった。
倫太郎は見守った、
綾乃は小さな吐息を一つ洩らし、己の家を一瞥して木戸口に急いだ。

鳥越明神の境内は参拝客もなく、木々の繁《しげ》りが揺れていた。

鉄之助は鳥越明神の境内に入り、裏手に向かった。

「野郎、明神長屋に行く気ですよ」

「ああ……」

鶴次郎と由松は追った。

鉄之助は、拝殿の横手に入って立ち止まった。

鶴次郎と由松は、素早く木立の陰に移った。

鉄之助は立ち尽くしていた。そして、その視線の先には綾乃が佇んでいた。

「綾乃……」

「鉄之助さま……」

綾乃と鉄之助は、戸惑いと困惑を浮かべて見つめ合った。

「何処かに行くのか……」

鉄之助の声は上擦り、震えが湧きあがるのを感じた。

「はい」

綾乃は頷いた。

「そうか……」

鉄之助は湧きあがる震えを押し止めようと、綾乃にゆっくり近づいた。

綾乃は佇んだままだった。

鉄之助は顔を歪ませ、刀を抜き払った。

鶴次郎と由松は仰天した。

綾乃は驚きもせず、静かに眼を瞑《つぶ》った。

鉄之助は五体が熱く燃えた。

綾乃が死ねば、万蔵に強請《ゆす》られる事もなくなり、仙十郎の死の真相も闇の彼方に消える。

「許してくれ、綾乃」

鉄之助は綾乃に斬り付けた。

刹那《せつな》、飛び込んだ倫太郎が、鉄之助の腕を取って関口流柔術の投げを打った。

鉄之助は激しく茂みに叩きつけられた。

「由松」

「はい」

鶴次郎に促された由松が、綾乃を庇《かば》って背後にさげた。

「磯貝鉄之助、綾乃さんの口を封じて何もかも闇に葬る気か」

倫太郎と鶴次郎は鉄之助と対峙《たいじ》した。

「おのれ……」

鉄之助は震える刀を構え、倫太郎と鶴次郎に迫った。

「退け、邪魔するな」

鉄之助は悲鳴のように叫んだ。

「そうは参らぬ」

倫太郎は身構えた。

鉄之助は、顔を醜《みにく》く歪ませて刀を震わせた。

鳥越明神の境内に殺気が溢れた。

「兄上仙十郎さまの敵討《かたきう》ちですか……」

綾乃の声が溢れた殺気を散らした。

「綾乃……」

鉄之助の顔が引き攣《つ》った。

「仙十郎さまは私が手に掛けました。鉄之助さまは、兄上さまの敵討ちにお見えになったのですね」

「そ、そうだ……」

「綾乃さん……」

倫太郎が鉄之助を遮った。

「八百善には、磯貝仙十郎どのに呼ばれて行ったのですか」

「あなたは……」

「夏目倫太郎、草双紙の戯作者です。それからあの日、八百善にいました」

「そうでしたか……」

綾乃は微笑んだ。

「それで、八百善には……」

「私が仙十郎さまをお招きしたのです」

意外な答えだった。

「何故ですか」

「鉄之助さまを磯貝家の部屋住みから解き放ち、気儘《きまま》にさせてやって下さいと頼みに……。そうしたら仙十郎さまはお笑いになられ、私を抱こうとしました。私は抗い、そして思わず

「……」

　綾乃は震えた。

「懐剣で刺しましたか」

「はい」

　綾乃は、その時を思い出すように頷いた。

　倫太郎は綾乃を見つめた。

　綾乃の言葉が真実だとは限らない。だが、嘘だという証もない。

「兄の敵」

　鉄之助が、猛然と綾乃に斬り掛かった。

　倫太郎が鉄之助に飛び掛かり、由松が綾乃を後ろ手に庇った。

　倫太郎は鉄之助の刀を握る腕を決め、刀を叩き落とした。鶴次郎が素早く刀を拾った。

「放せ」

　鉄之助は抗い、脇差《わきざし》を抜こうとした。

　刹那、倫太郎は鋭い投げを放った。

　鉄之助は大きく弧を描き、激しく地面に叩きつけられた。

　倫太郎は息を深く吐き、構えを解いた。

「倫太郎さん、兄ぃ」

由松の悲鳴があがった。

綾乃が、己の懐剣で喉を突いて崩れた。

倫太郎と鶴次郎が、綾乃の許に駆け寄った。

「しっかりしろ」

綾乃は喉から血を流し、微笑みを浮かべて絶命した。

血が藍色の着物に散っていた。

覚悟の自害……。

倫太郎は、綾乃が丁稚に筆を与え、幼馴染みに銀簪を残した意味をようやく知った。

鶴次郎と由松は、綾乃の遺体に手を合わせた。

倫太郎は、何故か悔しさを覚えた。

鉄之助は、呆然《ぼうぜん》とした面持ちで綾乃を見つめていた。

「綾乃さんは、最初から自害するつもりだったんです」

「綾乃……」

「さあ、北の御番所で詳しい事を聞かせて戴きますよ」

鶴次郎は十手《じって》を見せた。

鉄之助は我に返り、満面に恐怖を滲ませた。

「黙れ、無礼者。俺は直参旗本磯貝鉄之助だ。町奉行所の者どもに指図《さしず》される謂われはない」

怒声は恐怖を必死に隠そうと震えていた。

「手前《てめえ》……」

鶴次郎と由松がいきり立った。

「鶴次郎さん、由松さん、今は綾乃さんの遺体を運ぶのが先です」

倫太郎は、鶴次郎と由松を押し止めた。

鶴次郎と由松は不服そうに頷いた。

鉄之助はのろのろと立ち上がり、脚を引きずって鳥越明神の境内から出て行った。

倫太郎は哀しく見送った。

木洩れ日の煌めきが、綾乃の着物の藍色を哀しく輝かせた。


磯貝仙十郎の死の真相は、綾乃の覚悟の自害と共にこの世から消えた。

柳橋の弥平次は、磯貝仙十郎の死を偽った罪で今戸の万蔵を告発した。秋山久蔵は、万蔵を容赦なく捕え、伝馬町の牢屋敷に繋いだ。囚人の中に放り込まれた元岡っ引ほど哀れな者はいない。入牢して五日後、今戸の万蔵は病で呆気《あっけ》なく死んだ。

磯貝家の主となった鉄之助は、自害した綾乃を忘れたかのような毎日を送っていた。

地本問屋『鶴喜』から『哀は藍色無情の仇討』という外題《げだい》の黄表紙が出版された。

黄表紙には、三味線堀の傍に住む旗本家の当主が殺された事実と偽りの家督相続、そして、その裏に消えていった女が描かれていた。

三味線堀の傍に屋敷があり、最近当主が死んだ旗本家はすぐに分かった。

世間の噂は、磯貝家の情の薄さと狡猾さを蔑《さげす》んだ。そして、噂は公儀を動かし始めた。因《ちな》みに『哀は藍色無情の仇討』の作者は〝閻魔亭居候〟と記されていた。

綾乃の鉄之助への〝愛〟は、〝哀〟となって消えた。

第二話　切支丹の女

一

〝足〟が、長い廊下を踏み鳴らしてやって来る。

やって来る〝足〟は、顔も胴体もない只の左右の〝足〟だ。〝足〟は、やがて部屋の前で止まり、障子を開けて怒鳴る。

「倫太郎さん。もう、昼寝なんかして。起きろ倫太郎」

怒鳴り声は意外にも女の声だった。

なんだ、夢か……。

倫太郎は混乱した。そして、寝惚《ねぼ》けた頭で混乱した事態を整理しようとした。

「ねえ、起きてよ。倫太郎さん」

結衣の声だ。

倫太郎は眼を覚ました。

「夢、でもないか……」

従妹《いとこ》の結衣が、眉をひそめて倫太郎の顔を覗き込んでいた。

「ねっ、眼が覚めた。なんだったら水を浴びて来る」

「いや。それには及ばん……」

倫太郎は起き上がり、頬についた畳の跡を指先でかきながら庭先を見た。

午後の日差しが眩しかった。

「本当に眼が覚めた」

「うん。で、なんだ。結衣」

倫太郎は、己の頬を両手で叩いた。

「今、お針の稽古に行ってきたんだけど、おゆきちゃんから面白い話を聞いたのよ」

「面白い話。黄表紙になりそうか」

倫太郎は身を乗り出した。

「きっとね」

結衣は思わせぶりに笑った。

「勿体《もったい》ぶるな。教えてくれ」

「五年前に病で死んだ大店のお内儀《かみ》さんが、生きていたってのよね」

「死んだ女が生きていた……」

「そうなのよ」

　結衣は眼を丸くして頷いた。

「瓜《うり》二つってやつじゃあないのか」

　倫太郎は疑った。

「おゆきちゃんもそう思ったんだけど、年の頃や背丈も同じだし、それに左利きなのも同じなんですって。そんな人、他にいると思う」

　結衣は倫太郎の顔を覗きこんだ。

「そうだな……」

　倫太郎は思わず頷いた。

「ねっ。面白い話でしょう」

　結衣は楽しげに頷いた。

「結衣。おゆきちゃんってのは、両国の酒屋の娘だったな」

「ええ。広小路の三河屋さん」

「で、その五年前に死んだお内儀ってのは何処の誰なんだ」

「芝口の双葉屋って小間物屋のお内儀さんだって」

五年前に病死した芝口の小間物屋『双葉屋』のお内儀が、別人として生きている……。

もし、それが本当なら面白い話に違いない。

「どう、調べてみる」

結衣は膝《ひざ》を進めた。

「う、うん。その死んだはずのお内儀、何て名前なんだ」

「お杏《きょう》さん……」

「で、何処にいるんだ」

「それが、おゆきちゃんが浅草寺の境内で見掛けたんですって……」

「浅草寺の境内ねえ……」

「ええ。茶店で小さな女の子とお汁粉食べていたそうよ」

「そうか……」

調べるとしたら、先《ま》ずは小間物屋『双葉屋』の内情と、五年前にお内儀のお杏が病で死んだ経緯《いきさつ》だ。

「ねっ。どうするの。ごろごろしながら話を考えるよりいいんじゃあない」

結衣は、昼寝をしていた倫太郎を皮肉った。

「よし。やってみるか」

倫太郎は大きく背伸びをした。


小間物屋『双葉屋』は、芝口一丁目の表通りに店を開いていた。

主の清兵衛《せいべえ》はすでに後添《のちぞ》いを貰い、店は繁盛していた。

倫太郎は、『双葉屋』の向かい側にある古い一膳飯屋に入り、酒と肴《さかな》に煮物《にもの》を頼んだ。

「お待ちどお……」

店の親父が、酒と煮物を持った来た。

「おう」

倫太郎は、手酌で酒を飲んで煮物をつまんだ。

「双葉屋、相変わらずの繁盛だな」

倫太郎は、店の親父に声を掛けた。

「お客さん、双葉屋さんをご存じですか」

「昔のな……」

「昔……」

「うん。死んだ前のお内儀さんと知り合いでな」

「前のお内儀さんが亡くなってから、縁遠くなったかい」

「うん」

「お杏さんも気の毒だったよな」

「病で一年も寝込んで、そのまま逝《い》くなんて……。何の病だったか知っているか」

「さあ……」

親父は首を捻った。

「お医者、何処の誰だったのかな」

「確か宇田川町の中井玄庵《なかいげんあん》先生だと思ったがな」

「宇田川町の中井玄庵先生か……」

中井玄庵に訊《き》けば、お杏の病がどんなものだったのか分かる。

「おっ、旦那がお出掛けだぜ」

親父が、小間物屋『双葉屋』から出て来た清兵衛を示した。

「うん……」

初めて見る清兵衛は、中年でありながら大店の主としての貫録が充分に備わっていた。

清兵衛は町駕籠に乗り、手代《てだい》を従えて出掛けて行った。

医者の中井玄庵がいる宇田川町は、芝口から遠くはない。

倫太郎は宇田川町に向かった。

中井玄庵の家は、自身番に尋ねてすぐに分かった。だが、玄庵は往診に出掛けており、いつ戻るかは分からなかった。倫太郎は玄庵に逢うのを諦《あきら》め、浅草に向かって走った。

申《さる》の刻七つ（午後四時）過ぎ。

金龍山浅草寺の境内は、参拝客が帰り始めていた。

結衣は苛々《いらいら》と雷門を見つめていた。やがて、帰り客の間を走ってくる人影が見えた。倫太郎だった。

「すまん、すまん」

倫太郎は息を弾ませて謝った。

「もう、遅いんだから……」

結衣は頰をふくらませ、茶店で待っているおゆきの許に倫太郎を案内した。

「お待たせしてごめんなさいね、おゆきちゃん」

「ううん。お久し振りです、倫太郎さん」

両国広小路の酒屋『三河屋』の娘おゆきは、倫太郎と何度か逢った事があった。

「やあ。待たせて申し訳ない」

倫太郎はおゆきに詫びた。

「いいえ……」

倫太郎は、お杏らしい女を見掛けた時の情況を訊く為、結衣におゆきを浅草寺に呼ぶように頼んでいた。

「それで早速《さっそく》だが、おゆきさんが見掛けた女、そんなに死んだお杏さんに似ていたのか」

「似ていたっていうより、お杏さんです」

おゆきは断言した。

「だが、五年前に長患《ながわずら》いの挙句《あげく》、亡くなったんだろう」

「はい。そうなっていますが、お杏さんは赤坂の別宅で養生《ようじょう》をしていて、死に目に立ち会ったのは、旦那さまの清兵衛さんとお世話をしていた婆《ばあ》やさんの二人だけで、亡くなったお杏さんの顔を見た人は他にお医者さまだけだそうです」

おゆきは眉をひそめた。

「じゃあ他の人たちは……」

「うちの両親がお弔いに行った時には、もう棺《ひつぎ》に納められていて……」

「お杏さんの顔は見られなかった」

「はい」

死んだお杏を見たのは、旦那の清兵衛を始めとした僅かな者たちしかいない。そして、お杏は『双葉屋』の菩提寺《ぼだいじ》である寺に葬られて生涯を終えた。だが、おゆきはそのお杏が生きていると云っているのだ。

「それでおゆきさん。お杏さんはこの境内の何処にいたんだ」

「ここですよ」

おゆきは、自分たちのいる茶店を示した。

「ここか……」

倫太郎は茶店を見廻した。なんの変哲もない古い茶店だ。

「ええ。ここで四歳ぐらいの女の子にお汁粉を食べさせていたんです。左手にお箸《はし》を持って……」

「お杏さん、左利きだったそうだね」

「はい。顔も年恰好《としかっこう》もそっくりって人はいるかも知れませんが、左利きまで同じだなんて人、いると思いますか」

おゆきは、真剣な顔で倫太郎を見つめた。

「その時、おゆきさんは声を掛けなかったのかい」

「ええ。なんだかびっくりしちゃって、黙って見ていただけなんです。そうしたら、お杏さんの方が……」

「おゆきさんに気がついたのか」

「ええ。視線を感じたのかちらりと私を見ました」

「それで、どうしたの」

結衣が身を乗り出した。

「私が逢ったのは、お杏さんが長患いで寝込む一年前が最後……」

「って事は、六年前か……」

「ええ。私が十四歳の子供の時です。お杏さんは変わらないでしょうが、私は大人になりましたから……」

「お杏さん、おゆきさんに気がつかなかったか」

「きっと……」

おゆきは頷いた。

「で、お杏さんはどうした」

「女の子を連れて、花川戸の方に抜けて行きました」

「花川戸か……」

浅草寺から花川戸に抜けると隅田川になる。隅田川に架かる吾妻橋を渡ると本所になり、渡らずに隅田川沿いを行くとしたら南に駒形・両国、北は山谷・今戸になる。

「おゆきさん、お杏さんはどんな姿をしていた」

「どんなって……」

「大店のお内儀のままか、それとも……」

「何処にでもいるおかみさんっていうか、大店のお内儀さんじゃありませんでしたよ」

「そうか……」

どっちにしろ雲を摑むような話だ……。

倫太郎は困惑した。

「ねっ、それでどうするの。倫太郎さん」

結衣は、興味津々で声を弾ませた。

「どうするって云われてもな。うむ……」

倫太郎の困惑は募った。

「まさか、どうしていいのか分からないんじゃあ……」

結衣は、呆れたように眉をつり上げた。

倫太郎は慌てた。

「いや。どうするかいろいろ思案をしているところだ。まあ、任せておいてくれ」

倫太郎は取り繕った。

浅草寺の鐘が、申の刻七つ半（午後五時）を告げた。

「おっ、七つ半だ。結衣、おゆきちゃんを送って帰るぞ」

倫太郎は結衣を促し、おゆきを連れて参道を雷門に向かった。

雷門を潜って浅草広小路に出て、蔵前通りを行くと神田川に架かる浅草御門になる。その浅草御門を渡ると両国広小路になり、おゆきの実家である酒屋『三河屋』がある。

足早に行く三人の影が、雷門への参道に長く伸びた。


組屋敷の中から美味そうな匂《にお》いが漂ってきていた。

倫太郎の腹の虫が鳴いた。

岡っ引の本湊《ほんみなと》の半次が、奥から玄関に出て来た。

「こりゃあ、倫太郎さんじゃありませんか」

半次は慌てて挨拶《あいさつ》をした。

「やあ……」

倫太郎は笑った。

「いつも鶴次郎がお世話になっています」

半次と鶴次郎は、幼馴染みの兄弟分だった。

「何を云っている、親分。お世話になっているのは私の方だ。で、鶴次郎さんはいるかな」

「はい。おりますが……」

「だれだい、半次」

組屋敷の主で北町奉行所臨時廻り同心の白縫半兵衛が現れた。

「夜分、お邪魔しています」

倫太郎は半兵衛に挨拶をした。

「なんだ、倫太郎さんか。まあ、あがりなさい」

「いえ。ちょいと鶴次郎さんに用がありまして……」

「これから、その鶴次郎も一緒に飯を食べるところだ。あがって待ってやってくれ」

「はあ……」

倫太郎の腹の虫が再び鳴いた。

「飯は鳥鍋だよ」

半兵衛は、笑いながら奥に戻って行った。

「倫太郎さん。今夜の鳥鍋、鶴次郎が楽しみにしていましてね。一緒に食べてやって下さいよ」

半次は言葉巧みに誘った。

「そうですか、じゃあ」

倫太郎は、腹の虫を懸命に抑えて半兵衛の組屋敷にあがった。


鳥鍋は囲炉裏《いろり》の上で湯気をたてていた。

倫太郎は、半兵衛、半次、鶴次郎と囲炉裏を囲んだ。

鶴次郎が、湯呑茶碗に満たした酒を全員に配った。そして、半兵衛が手際よく鍋の味を整えた。

「よし。これでいい。さあ、食べよう」

半兵衛はお椀によそった。鶏肉、大根、里芋《さといも》、椎茸《しいたけ》、葱《ねぎ》などが美味そうな香りと湯気をあげた。

「倫太郎さん。さあ、どうぞ」

倫太郎は、勧められるままにお椀に鳥鍋をよそった。半次と鶴次郎が続き、四人は鳥鍋を食べながら茶碗酒を飲み始めた。

鶏肉の脂の旨味《うまみ》が口の中に広がった。

「美味い……」

倫太郎は思わず呟いた。

「そうだろう」

半兵衛は満足気に頷いた。

「旦那の鳥鍋は日本一ですよ」

鶴次郎は、茶碗酒に出し汁を入れて啜った。

「半次、鶴次郎、この次は鹿《しか》か猪《いのしし》の肉の鍋を拵《こしら》えてみるか」

「でも、獣は臭いそうですぜ」

「なあに味噌鍋にすりゃあいいんだ」

「へえ、そうですかい……」

半兵衛たちは仕事の話はせず、鍋談義をしながら酒を飲み、鳥鍋を食べた。

倫太郎も遠慮を忘れ、鳥鍋を食べて酒を飲んだ。

肉と野菜を足しながら賑やかな夕餉《ゆうげ》が続いた。

一刻弱の時が過ぎた。

半兵衛は具のなくなった鍋に飯を入れ、卵を落として鳥雑炊を作った。鳥雑炊は絶品だった。

倫太郎は、半兵衛の料理の腕前に驚き、戸惑い、感心した。

「さあて倫太郎さん。夕餉は終わりだ。鶴次郎、後片付けは私と半次でする。倫太郎さんの用ってのを伺いな」

「申し訳ありません、旦那。倫太郎さん、構わなければここで如何《いかが》ですか」

「はい……」

倫太郎は、半次の淹《い》れてくれた茶を啜り、結衣が持ち込んだ小間物屋『双葉屋』の先妻お杏の一件を話した。

「五年前に死んだお内儀さんが、生きているってんですか」

鶴次郎は眼を丸くした。

「うん」

「ありえませんよ、そんな事。瓜二つ、他人のそら似ってやつですよ」

鶴次郎は呆れた。

「私もそう思うんだが、おゆきさんが間違いないと……」

倫太郎は吐息を洩らした。

「倫太郎さん、先ずはお杏と旦那の清兵衛を詳しく調べてみるんですね」

洗い物を終えた半兵衛が、濡れた手を拭いながら囲炉裏端に座った。

「半兵衛さん……」

「それから、おゆきの処に絵師を連れて行き、お杏の似顔絵を描いて貰いなさい」

「は、はい」

倫太郎は戸惑いながら頷いた。

「鶴次郎、似顔絵が出来たら、浅草寺の境内に聞き込みを掛けてみるんだな」

「承知しました」

鶴次郎は頷いた。

「倫太郎さん、こいつは面白そうだ。私にも探索の進み具合い、教えてください」

半兵衛は楽しそうに笑った。

「そりゃあもう、聞いていただきますが……」

倫太郎は、半兵衛が面白がっているのに戸惑った。

戌《いぬ》の刻五つ半（午後九時）が過ぎた。


絵師は、おゆきの言葉をなぞるようにお杏の似顔絵を描いた。

面長《おもなが》な顔立ち、柳眉《りゅうび》に俯《うつむ》き加減の眼と鼻筋の通った鼻……。

おゆきは、描き上がったお杏の似顔絵をそっくりだと絶賛した。そして、おゆき以上にお杏を知っている母親に似顔絵を見せ、瓜二つだと証明してみせた。

鶴次郎は、お杏の似顔絵を手にして浅草寺境内に赴き、茶店の者たちを始めとした人々に見せながら聞き込みを開始した。

倫太郎は、お杏の似顔絵を眺めた。

お杏の憂いを漂わせた似顔絵は、事態の進展を想像させた。

おゆきの云う通り、お杏は生きているのかも知れない……。

倫太郎の脳裏に、不意にそうした思いが過ぎった。

二

東海道・宇田川町の通りは、増上寺や飯倉神明宮、愛宕《あたご》神社なども近く、旅人の他に参拝客もいた。

倫太郎は、病のお杏を診《み》ていた町医者・中井玄庵の宇田川町の家を訪ねた。

「五年前に亡くなった双葉屋のお内儀さんですか……」

玄庵は、遠い昔を思い出すように呟いた。

「ええ。お内儀さんの病は何だったのですか」

「労咳《ろうがい》ですよ」

「労咳……」

「ええ。だから滋養のあるものを食べて、静かな処でのんびり養生する事を勧めましてね。それでお内儀さん、赤坂の別宅に移ったんだが……」

玄庵は眉をひそめた。

「労咳、重かったのですか」

「いや。そうでもなかったから別宅での養生を勧めもしたし、病状はそれなりに落ち着いていたよ」

「では、一年後に亡くなった時は……」

「正直云って驚いたが、最期を看取《みと》ったのはわしではないのだ」

「看取ったのは先生じゃない……」

倫太郎は驚いた。

「うむ。ま、病状が急変したので赤坂の別宅近くの医者を呼んだそうでな。わしがお内儀さんが亡くなったのを知ったのは、弔いが終わった後なのだ」

玄庵は憮然とした面持ちで告げた。

お杏の死を看取ったのは、主治医の中井玄庵ではなかった。

「じゃあ、呼ばれた赤坂の医者、どなたなのか分かりますか」

「それが、清兵衛さんは忙しく、婆やのお粂《くめ》さんはすでに暇をとっていましてな。今以《も》て分からないままだ」

玄庵は、諦めているように溜息《ためいき》をついた。

お内儀のお杏は、主治医の中井玄庵の知らぬ内に息を引き取り、弔いも終えた。

倫太郎は、お杏の死に不自然なものを感じた。


浅草寺境内は参拝客で賑わっていた。

鶴次郎は、お杏の似顔絵を手にして聞き込みを続けた。

茶店の亭主は、お杏の似顔絵を見て幼い女の子と一緒にお汁粉を食べた女だと云い切った。

そして、他にも似顔絵の女を見掛けた者が何人かいた。

おゆきが見掛けた幼い女の子を連れた女は、確かに五年前に死んだ『双葉屋』のお内儀のお杏に瓜二つだったのだ。

似顔絵の女はお杏その人なのか、それとも瓜二つの赤の他人なのか……。

鶴次郎は、幼い女の子を連れた似顔絵の女の行き先を突き止めようと、地道に聞き込みを続けた。

芝口の小間物屋『双葉屋』は繁盛していた。

主の清兵衛の采配のもと、番頭の善吉《ぜんきち》を始めとした奉公人は忙しく働いていた。

小間物屋は、簪、笄《こうがい》、櫛《くし》、元結《もとゆい》、紅、白粉《おしろい》などを扱う商売であり、女客が多い。

清兵衛と善吉たち奉公人は、女客たちの気をそらさずにもてなし、品物を巧みに売り込んでいた。

『双葉屋』の繁盛は、行商の訪問販売にもあった。小間物屋は〝店売り〟の他、行商の訪問販売もする。細々《こまごま》した品物を箱に入れて何段にも重ねて背負い、売って歩くのだ。

清兵衛は若い手代たちに行商をさせ、『双葉屋』の経営安定を図った。行商は、経営の安定だけではなく、新たな得意先の開拓、若い手代たちの競争意識を生むなどの効果をもたらし、『双葉屋』を繁盛させていた。

清兵衛が商売上手なのはよく分かった。

倫太郎は、清兵衛がどのような男なのか突き止めようとした。

清兵衛はお杏を亡くした一年後、老舗《しにせ》の呉服屋の娘を後添いに貰った。

後添いになった呉服屋の娘はおみねといい、極端に口数がなく暗愚と囁かれていた。

世間は、清兵衛が持参金を目当てに後添いに貰ったと噂した。だが、清兵衛は云い返しもせず、沈黙を守った。

そして、『双葉屋』の商売は次第に業績を伸ばし始めた。その裏に、おみねの実家の老舗呉服屋からの金があったのかもしれない。仮にそうだとしたら、清兵衛には計算高い怜悧《れいり》な一面がある。そして、それはお杏の〝死〟にも何らかの関わりがあるのか。

倫太郎は思いを巡らせた。


幼い女の子を連れた似顔絵の女は、浅草寺の東の門から花川戸に出ていた。

鶴次郎は、似顔絵の女の痕跡を探し廻った。そして、吾妻橋の橋番小屋の親父が、似顔絵の女を見掛けていた。

「ああ。この女なら時々、見掛けるよ」

橋番の親父は事も無げに答えた。

「時々……」

鶴次郎は、余りにも簡単に分かった似顔絵の女の痕跡に戸惑った。

「本所から来て本所に帰るってのかな……」

似顔絵の女は、本所から吾妻橋を渡って来て帰って行くのだ。

橋番の親父は、時々橋番小屋の前を行き来する似顔絵の女を覚えていた。

「って事は本所に住んでいるのかな」

「きっとな……」

橋番の親父は頷いた。

鶴次郎は、隅田川の向こうに広がる家並みを眺めた。

本所は広い。だが、その殆《ほと》んどは旗本や御家人の住む武家地であり、町人が暮らす町家はそう広くはない。

地道に探し歩くしかない……。

鶴次郎は、似顔絵を手にして吾妻橋を渡った。

長さ七十六間《けん》の吾妻橋は行き交う人で賑わい、川風が心地良く吹き抜けていた。


古い一膳飯屋に客は少なく、年老いた親父も余り商売熱心ではなかった。

張込み場所には丁度いい……。

倫太郎は飯屋の片隅に陣取り、酒を啜りながら『双葉屋』を見守った。

午後の日差しが西に廻り、『双葉屋』の客足も途切れがちになった。

丁稚が町駕籠を呼んで来た。

清兵衛が出掛ける……。

倫太郎は酒代を払い、清兵衛が出掛けるのを待った。

清兵衛は町駕籠に乗り、供も連れずに出掛けた。

倫太郎は尾行を始めた。

清兵衛を乗せた町駕籠は、芝口から新橋を渡って京橋に向かった。

倫太郎は慎重に尾行した。

町駕籠は、京橋から日本橋に進んで室町三丁目の辻を右に曲がった。その先は浜町河岸や両国になる。

清兵衛は何処に行くのだ……。

倫太郎は、長く伸び始めた己の影を踏みながら追った。


吾妻橋を渡るとそこは本所であり、北に向島《むこうじま》、南に深川が続く。

鶴次郎は北に進み、隅田川と源森川《げんもり》が合流する処に架かる源森橋の傍にある自身番に入った。

源森川沿いには、中之郷瓦町が広がっている……。

鶴次郎は半兵衛の名前を出し、自身番に詰めている家主や店番たちに似顔絵の女を知らないかを尋ねた。自身番の者たちは、見掛けた事はないと首を捻った。

似顔絵の女は、どうやら中之郷瓦町にはいない。

鶴次郎はとりあえずそう判断し、吾妻橋の南側にある自身番に急いだ。

南側には、町家と武家地、そして寺社地が混在していた。

南側の自身番に詰めている番人は、似顔絵の女に見覚えがあった。

「見覚えがあるのかい」

鶴次郎は思わず身を乗り出した。

「うん。確かこの女だと思うが……」

番人は首を捻った。

無駄足になってもいい……。

たとえ無駄でも、何かの手掛かりになってくれればいい。

鶴次郎は覚悟を決めていた。

「何処で見たんだい」

「ここの前だよ……」

番人は自身番の前を示した。

「で、どっちに行った」

東に広がる町家か、大川沿いを下って行ったのか。

「大川沿いに下って行ったような気がするけど……」

番人に自信はなかった。

「じゃあ北本所か石原町か……」

鶴次郎は、大川の下流にある町家を思い浮かべた。

大川の流れは、夕陽に赤く煌めき始めていた。


夕陽に包まれた浜町堀には、荷船が黒い影になって行き交っていた。

清兵衛の乗った町駕籠は、浜町堀に架かる千鳥橋の袂《たもと》で停まった。

倫太郎は物陰に潜んだ。

清兵衛は町駕籠を降り、素早く背後を一瞥して尾行を警戒した。そして、浜町堀沿いの道を歩き出した。

慎重で油断のない奴だ……。

倫太郎は、目的地に町駕籠を乗り着けない清兵衛に感心した。

浜町堀沿いを進んだ清兵衛は、栄橋を渡って久松町に向かった。そして、黒塀で囲われた仕舞屋《しもたや》に入った。

倫太郎は見届けた。

妾か……。

倫太郎は吐息を洩らした。

夕陽は沈み、町には逢魔《おうま》が時《とき》が訪れた。


居酒屋は一日の仕事を終えた職人やお店者《たなもの》で賑わっていた。

倫太郎と鶴次郎は、酒を酌み交わしながら各々が摑んだ事を報せ合った。

「じゃあなんですかい。お杏さんの病は死ぬほどのものではなく、その死体を見たのは旦那の清兵衛と暇をとっていなくなった婆やの二人だけなんですか」

鶴次郎は少なからず驚いた。

「もう一人。名前は分かりませんが、赤坂の町医者が見たはずです」

「赤坂の町医者ねえ……」

鶴次郎は、倫太郎を一瞥して手酌で酒を飲んだ。

五年前、お杏が病死したという事は、次第に疑わしくなってきた。

倫太郎と鶴次郎は、そうした思いを嚙《か》み締めて酒を飲んだ。

「それで清兵衛の旦那、今久松町の妾の家にいるんですかい」

鶴次郎は話題を変えた。

「ええ。妾、お紺《こん》って料理屋の仲居あがりの女でしてね。お杏さんが赤坂の別宅に移った頃から囲っているそうです」

「じゃあ……」

鶴次郎は眉根を寄せた。

「ええ。今のおみねってお内儀は、持参金目当ての飾り物なのかも知れません」

「きっと間違いないでしょう」

鶴次郎は、倫太郎の睨みに頷いた。

「それで鶴次郎さん。似顔絵の女、北本所の町か石原町にいるかも知れないのですね」

「ええ。ですが、いるかも知れないのは似顔絵の女で、お杏さんだと決まったわけじゃありませんよ」

鶴次郎は慎重だった。

「ええ……」

「それにしても倫太郎さん。もし、似顔絵の女がお杏さんだったら、どうして死んだふりなんかしたんでしょうね」

鶴次郎は手酌で猪口を満たした。

「分からないのはそこなんです」

倫太郎は、酒の満ちた猪口を手にした。

お杏は何を考えていたのか……。

倫太郎は気付いた。

自分が、お杏について何も知らない事に。

倫太郎は猪口の酒を飲み干した。猪口の酒は冷たく胃の腑《ふ》に流れ落ちた。


両国広小路は賑わっていた。

酒屋『三河屋』は、奉公人や人足たちが忙しく働いていた。

倫太郎は奥座敷に通された。

奥座敷は広小路の賑わいも聞こえず、庭先から心地良い風が吹き抜けていた。

おゆきは、母親のお吉《よし》と共に茶を持って現れた。

「突然の訪問、お許しください」

倫太郎はお吉に謝った。

「いいえ。夏目さまにはおゆきが訳の分からない事を持ち込みまして……」

「いいえ。それで今日お伺いしたのは他でもありません。お杏さんの素性を教えて戴きたくて参りました」

お杏は、お吉の父方の縁に繋がる家の出だった。

「お杏さんの素性ですか……」

お吉は微かに狼狽した。

「はい」

倫太郎は、お吉の狼狽を見逃さなかった。

「それは……」

お吉は、困惑を浮かべて躊躇った。

お杏の素性には、話してはならない秘密がある……。

倫太郎の直感が囁いた。

「何があっても、お内儀さんに迷惑は掛けません。どうか教えて下さい」

倫太郎は頼んだ。

「おっ母さん……」

おゆきが僅かに苛立った。

「分かっているよ、おゆき……」

お吉は深々と吐息を洩らした。

「お杏さんの父親は、長屋住まいのご浪人さんでして。お杏さんは読み書き算盤《そろばん》が達者で、商人に帳簿付けを教えたり、代書などをして暮らしを立てていました。その縁で知り合ったのが、小間物の行商をしていた清兵衛さんでしてね」

「二人は所帯を持ったのですか」

「ええ。お杏さんのお父上さまは反対されたそうですが……」

「反対した理由は……」

「さあ、そこまでは……」

お吉は首を捻った。

浪人といっても武士の娘。行商の小商人《こあきんど》に嫁にやるわけにはいかない。

お杏の父親はそう思ったのかも知れない。だが、お杏は父親の反対を押し切り、清兵衛と所帯を持った。

「じゃあ、芝口の双葉屋はそれから……」

「ええ。最初は小さな店だったのですが、だんだん大きくなって……。今の繁盛は、お杏さんと一緒に作ったものですよ。その苦労でお杏さん、きっと質の悪い病になってしまったんです。可哀想《かわいそう》に……」

お吉は滲む涙を拭った。

「おっ母さん……」

「夏目さま、私の知っているお杏さんの事はそれぐらいです」

お吉は倫太郎に頭を下げた。

話は終わった。

「そうですか、いろいろありがとうございました。お内儀さん、もう一つだけ教えて下さい。お杏さんの亡くなったお父上、なんて名前ですか」

「確か、原田《はらだ》兵庫《ひょうご》さまと仰《おっしゃ》ったと思いましたが……」

原田兵庫……。

倫太郎は呟き、お吉とおゆきに挨拶をして『三河屋』を後にした。

お杏の素性は、果たしてお吉の云った事だけなのか……。

倫太郎は思いを巡らせた。

最初、お吉はお杏の素性を云いたがらなかった。そして、話してくれた素性に特段秘密にしなければならない事はなかった。

妙だ……。

倫太郎は素直に頷けなかった。

お吉が話してくれた以外に、お杏に関わる秘密があるのだ。そして、それはお杏の父親・原田兵庫にも関わりがあるのかも知れない。

倫太郎は眼を細めた。

両国広小路は、眩しいほどの賑わいを見せていた。

三

大川には様々な船が行き交っていた。

北本所から石原町は大川沿いにあり、東にある横川に向かって荒井町が続いている。

鶴次郎は町々にある自身番に寄り、女の似顔絵を見せて歩いた。だが、期待する言葉はなかなか聞く事は出来なかった。

鶴次郎は緋牡丹の派手な半纏を翻し、探し歩くしかなかった。


吹き抜ける風は、外濠の水面に小波を走らせていた。

「お杏の父親の原田兵庫ですか……」

白縫半兵衛は、呉服橋の上から外濠を眺めた。

「はい。すでに亡くなっていますが、町奉行所と何らかの関わりがあったんじゃあないかと思いまして。御用繁多でしょうが、調べてはいただけないでしょうか」

倫太郎は、呉服橋御門内の北町奉行所に白縫半兵衛を訪ねた。

「分かりました。調べてみましょう」

半兵衛は笑顔で頷いた。

「ありがとうございます」

倫太郎は安心した。

「それで、お杏らしき女子《おなご》、見つかりましたか」

「鶴次郎さんが探していましてね。どうやら本所辺りにいそうだと……」

「ほう、本当に居そうなんですか、幽霊……」

「幽霊……」

倫太郎は戸惑った。

「長患いの挙句に死んだはずの女。いるとしたら幽霊。違うかな」

「はあ……」

「倫太郎さん。幽霊って奴は、いると分かっても、私たちにはどうしようも出来ない代物ですよ」

半兵衛は小さく笑った。

倫太郎は気付いた。

半兵衛は、死んだはずのお杏を見つけてどうするのかと尋ねているのだ。

「それは……」

倫太郎は言葉に窮した。

「ま。そいつは幽霊を見つけてからの事ですがね。じゃあ、原田兵庫を調べてみますよ」

半兵衛は踵を返し、北町奉行所に戻って行った。

「お願いします」

倫太郎は見送った。

もし、お杏が病死を装ったとしたなら、それは自らの意思なのか、それとも清兵衛を始めとした他人の思惑の結果なのか。そして、それは罪になるのか……。

倫太郎は思いを巡らせた。


北本所と石原町に、似顔絵の女がいる様子はなかった。

鶴次郎の探索は、東にある荒井町に進むしかなかった。そして、北割下水《きたわりげすい》傍の荒井町の自身番に入った。

北割下水は幅二間あり、土地が低くて出る水を排水する為に作られたもので、東にある横川に続いていた。

自身番の番人の出してくれた茶は、歩き廻って渇いた喉《のど》に染み渡った。

「こりゃあ、お葉《よう》さんかも知れねえな」

店番は、鶴次郎に渡された似顔絵を番人に見せ、同意を求めた。

「ああ。どう見てもお葉さんだ」

似顔絵を見た番人は、店番と頷き合った。

「お葉さん……」

鶴次郎は、静かに茶碗を置いた。

「うん。北割下水の裏の長屋に住んでいる女でね。確か仕立物で暮らしを立てていると思ったけど……」

店番は番人を窺った。番人は頷き、店番の話を認めた。

「子供、いますかい」

鶴次郎は密かに意気込んだ。

「確か女の子が一人いるはずだよ」

「幾つくらいの子かな」

「そうだな、四、五歳ってところかな」

お葉は、似顔絵の女に次第に近づいていく。

鶴次郎は湧きあがる興奮を抑え、己を懸命に落ち着かせた。
本所北割下水裏の源助長屋に住んでいるお葉……。
ようやく摑んだ手掛かりは、鶴次郎を北割下水裏の源助長屋に急がせた。
荒井町源助長屋は、北割下水を背にした古い長屋だった。
鶴次郎は、木戸口に潜んで源助長屋を窺った。
お葉が似顔絵に描かれた女であるなら、長の患いで死んだはずのお杏になる。
先ずはお葉の顔を確かめる……。
鶴次郎は木戸口に潜み、お葉の現れるのを待った。
昼間の源助長屋は静まり返り、時は流れた。

倫太郎は、小間物屋『双葉屋』を見張り続けた。
清兵衛は、番頭の善吉たち奉公人の先頭に立って働いていた。
商売熱心な働き者だ……。
倫太郎は素直に感心した。
「まったく行商の小商いから、よくここまでの大店にしたもんだ」
一膳飯屋の親父は清兵衛を誉《ほ》めた。

「清兵衛の旦那、小間物の行商人になる前は何をしていたのかな」

「さあ、よく分からねえが、昔はお侍だったたって噂もあったがな」

「侍……」

「ああ、もっとも侍といっても貧乏浪人だ」

親父は苦笑した。

「父っつぁん、そんな噂があったのか……」

「古い噂だよ」

もし、噂が本当だったら、清兵衛とお杏は共に浪人の出身となる。それは、父親の原田兵庫が、お杏たちが一緒になるのに反対した事や、お杏が死を装ったことに関わりがあるのだろうか。

倫太郎の思いはさまざまに交錯した。

源助長屋の一軒の家の戸が開いた。

鶴次郎は、木戸口に潜んで見つめた。

年増が顔を出した。

お葉だ……。

鶴次郎の勘が囁いた。

「さあ、おつる……」

お葉は、幼い女の子を連れて出て来た。

鶴次郎は、思わず声をあげそうになった。

お葉の顔は、似顔絵に描かれた女にそっくりだった。

「行きますよ、おつる……」

「はい」

おつると呼ばれる幼い女の子は、お葉が差し出した手を握って楽しげに歩き出した。

お葉は微笑み、おつるを連れて出掛けた。

鶴次郎は密かに尾行した。

往来に出たお葉とおつるは、八百屋や魚屋で楽しげに買物を始めた。そして、買物を終えて甘味屋に入った。

縁台に腰掛けたおつるは、嬉しげに両脚を揺らしながら団子を食べた。お葉は、そんなおつるを優しく見ながら茶を飲んだ。

鶴次郎は見守った。

お葉は、店の者や知り合いと楽しげにお喋りをし、おつると手を繋いで源助長屋に戻った。

その姿は、ごく普通の長屋のおかみさんでしかなかった。

お葉に隠れ暮らしている様子はない……。

鶴次郎は追った。

長屋に戻ったお葉は、他のおかみさんたちと賑やかに井戸端で夕餉の仕度を始めた。そして、おつるは同じ年頃の子供と井戸端を駆け廻った。

暮六つ（午後六時）前、亭主たちが仕事先から帰ってき始めた。

「お父っちゃん……」

おつるが、帰って来た職人風の男に駆け寄り、抱きついた。

「おつる、おっ母ちゃんの云う事を聞いて良い子にしていたか」

職人風の男はおつるを抱きあげた。

「お帰り、伊佐吉《いさきち》さん」

長屋のおかみさんが、おつるを抱いた職人風の男に声を掛けた。

職人風の男は、お葉の亭主で櫛職人の伊佐吉だった。

「早かったね、お前さん」

「ああ……」

伊佐吉は、おつるを抱いて家に入った。

お葉は、焼きあがった鯵《あじ》の干物を皿にのせて続いた。

鶴次郎は見た。

お葉とおつる、そして伊佐吉の幸せそうな暮らしぶりを見届けた。


清兵衛は町駕籠に乗り、夜の日本橋大通りを北に向かった。

倫太郎は暗がり伝いに追った。

町駕籠は本町三丁目を曲がらず、真っ直ぐ進んだ。

行き先は、浜町河岸久松町に囲っている妾のお紺の処ではない……。

倫太郎は慎重に尾行を続けた。

清兵衛を乗せた町駕籠は、大通りから神田八ツ小路を抜けて神田川に架かる昌平橋を渡った。そして、明神下の通りを下谷に急いだ。

月明かりに水面を輝かせる不忍池が、行く手に見えてきた。

町駕籠は下谷広小路で停まった。

倫太郎は物陰で見守った。

清兵衛は町駕籠を降り、駕籠舁に酒手《さかて》を渡した。駕籠舁が、ぶら提灯《ちょうちん》に火を入れて清兵衛に渡した。

ありがたい……。

倫太郎は喜んだ。

清兵衛は提灯を手にし、池之端の通りを進んだ。

何処に行く……。

倫太郎は、清兵衛の提灯の灯りを追った。

池之端には料理屋の火入れ行灯が点在していた。

清兵衛は、木立の連なる池之端の暗く人気のない道を進んだ。倫太郎は、清兵衛の提灯の灯りを見つめ、充分な距離を取って尾行を続けた。

不意に清兵衛の提灯の灯りが消えた。

どうした……。

倫太郎は足音を忍ばせて走った。そして、提灯の灯りが消えた処に差し掛かった。

刹那、黒い布で顔を隠した清兵衛が木陰から現れ、匕首《あいくち》を構えて倫太郎に襲い掛かってきた。

倫太郎は、咄嗟に身を投げ出して躱《かわ》した。

清兵衛は、体勢を崩した倫太郎に鋭い攻撃を加えた。

倫太郎は必死に躱した。

攻撃は鋭く、小間物屋の主のものではなかった。

倫太郎は、一膳飯屋の親父の言葉を思い出した。

昔は侍だったって噂もあった……。

小間物屋『双葉屋』の清兵衛は、元は武士なのだ。

倫太郎は、必死に体勢を立て直し、清兵衛と対峙した。

清兵衛は、木陰の暗がりで身構えた。

「何者だ」

清兵衛は厳しく誰何《すいか》してきた。倫太郎は黙ったまま間合いを詰めた。

「どうして私を尾行る……」

清兵衛は囁くように訊いてきた。

「さあな……」

倫太郎は惚《とぼ》けた。

清兵衛は地を蹴り、猛然と倫太郎に飛び掛かってきた。

倫太郎は、匕首を持った腕を取って大きく投げを打った。清兵衛は夜空に大きく弧を描いて跳び、身軽に着地した。

倫太郎は焦った。

「関口流の柔術か……」

清兵衛の声には嘲りが含まれていた。

倫太郎は間合いを詰めた。

だが、清兵衛は素早く身を翻し、木立の奥に逃げ込んだ。

追っても無駄だ……。

倫太郎は立ち尽くした。胸元が切り裂かれて揺れていた。

清兵衛は尾行を察知していた。それは、倫太郎の監視に気付いていた事でもある。

誘き出された……。

倫太郎は、清兵衛の鋭さと強かさを思い知らされた。


「元は侍ですか……」

鶴次郎は、猪口を酒で満たして銚子を置いた。

「ええ。お杏の死んだ父親も貧乏浪人でした。何か関わりがあるのかも知れません」

倫太郎は酒を飲んだ。

「それにしても清兵衛。それほどの使い手だとはね」

鶴次郎は、倫太郎の切り裂かれた胸元を一瞥した。

「まんまとしてやられました」

倫太郎は悔やみ、油断を恥じた。

「ま、肝心なのはこれからですよ」

鶴次郎は倫太郎を励ました。

「はい」

「それより倫太郎さん、似顔絵の女ですがね」

「本所北割下水裏の源助長屋に住んでいるお葉ですか……」

「ええ。亭主の伊佐吉は、両国橋の東詰めにある櫛問屋に通う櫛職人でしてね。おつるって四歳の娘と三人暮らしなのですが、三河屋のおゆきさんに面通しをして貰った方がいいと思いますよ」

「面通しですか……」

「ええ。違ったら最初からやり直し。でしたら早い方がいいですからね」

「分かりました。明日にでも都合を訊いてみます」

「やっぱりここでしたか……」

本湊の半次が入って来た。

「やあ、半次さん」

倫太郎は、座を詰めて半次を迎えた。

「こいつは畏れ入ります」

「どうした」

鶴次郎は、半次の猪口に酒を満たした。

「半兵衛の旦那の使いだ」

半次は酒を飲んだ。

「半兵衛さん、何か分かったんですかね」

倫太郎は身を乗り出した。

「旦那の話じゃあ、お杏さんの父親の原田兵庫、十年ほど前に北町奉行所の調べを受けているそうです」

やはり、原田兵庫は町奉行所と関わりがあった。倫太郎の睨みは当たった。

「何の調べを受けていたんですか」

倫太郎は意気込んだ。

「そいつが余り大きな声では云えないのですが……」

半次は声を潜めた。

「御禁制の隠れ切支丹《キリシタン》に関わる事だそうですぜ」

「隠れ切支丹……」

思いも寄らぬ言葉が出て来た。

倫太郎は驚き、鶴次郎と思わず顔を見合わせた。

キリスト教は一五四九年（天文十八年）にザビエルによって日本に伝えられた。そして、様々な経緯を経て、一六一二年に江戸幕府は「伴天連《バテレン》門徒御制禁也」の禁教令を出した。以来、キリスト教は激しい弾圧を受けて地下に潜り、信徒たちは隠れ切支丹となって信仰を続けていた。

「原田兵庫、隠れ切支丹だったのですか」

「そいつがよく分からないとの事です」

半次は眉をひそめた。

「って事は……」

「隠れ切支丹だって確かな証拠がなかったのか、それとも大した関わりがなかったのか」

半次は手酌で酒を飲んだ。

「いずれにしろ原田兵庫は、お上に眼を付けられていた」

鶴次郎は呟いた。

「原田兵庫が、娘のお杏と清兵衛との縁談に反対し、清兵衛が武士を棄て、お杏さんが病死を装ったのも、ひょっとしたら隠れ切支丹が関わっているのかも知れませんね」

隠れ切支丹……。

一連の事柄の裏には、思いも寄らぬものが秘められているのかも知れない。そして、それが事実だとなれば、関わる者は天下の大罪人として死罪は免《まぬか》れない。

事態は思わぬ方向に進み始めてきている。

倫太郎は微かに身震いした。


源助長屋の井戸端は、洗濯をするおかみさんたちで賑わっていた。

倫太郎とおゆきは、木戸口からおかみさんたちを見守っていた。

「どうです。あの中にお葉はいますか」

倫太郎は、小間物屋『双葉屋』清兵衛の見張りを鶴次郎に代わって貰い、おゆきを連れてお葉の面通しに来ていた。

「お葉っていうんですか、お杏さん」

おゆきは戸惑いを見せた。

「ええ。お杏さんは死んだ事になっていますからね」

「あのおかみさんたちの中にはいません……」

おゆきは吐息を洩らした。

「じゃあ、出て来るのを待ちましょう」

倫太郎とおゆきは、木戸口に潜んでお葉の出て来るのを待った。

「倫太郎さま、もし、お杏さんが死んだふりをしていたら罪になるのですか」

おゆきは、心配そうに倫太郎を窺った。

「おゆきさん、私たちはお上の指図で動いているんじゃあない」

「じゃあ……」

「どうするかは、本当の事が分かってからです」

倫太郎がそう答えた時、長屋の一軒から幼い女の子が出て来た。

「あっ……」

おゆきが、幼い女の子を見て小さな声をあげた。

洗濯物を持ったお葉が、女の子に続いて出て来た。お葉の顔は、似顔絵の女とよく似ていた。

倫太郎とおゆきは眼を見張った。

お葉は井戸端の空いた処に腰を降ろし、おかみさんたちと言葉を交わしながら洗濯を始めた。

「お杏さん……」

おゆきは、呆然とした面持ちでお葉を見つめた。

「間違いありませんか」

「ええ……」

おゆきは深く頷いた。

「よし。じゃあ……」

倫太郎はおゆきを促し、源助長屋の木戸口を離れた。

四

小間物屋『双葉屋』は、いつもと変わらぬ時刻に暖簾《のれん》を掲げた。

鶴次郎は、斜向かいの路地から見守った。

番頭の善吉を始めとした奉公人は、忙しく働き始めた。

鶴次郎は、主の清兵衛の姿を探した。だが、店先に清兵衛の姿は見えなかった。

清兵衛は倫太郎の見張りに気付き、誘き出して身許と狙いを突き止めようとした。そして、失敗した今、清兵衛の警戒は厳しいものになっているはずだ。だが、『双葉屋』の奉公人たちにその緊張感は窺えなかった。

善吉たち奉公人は客の相手をし、届いた荷物を解《ほど》き、注文された品物を届けたりしている。

鶴次郎は路地に潜み、清兵衛が現れるのを待った。


朝餉、洗濯、掃除……。

おかみさんたちの朝の仕事が終わり、源助長屋に静けさが訪れた。

倫太郎は、おゆきを帰して木戸口に張り込んでいた。おかみさんたちは、近くの店に手伝い働きに行ったり、家での内職に励んでいた。

お葉は仕立物をしているのか、おつると共に家に入ったままだった。

季節外れの風鈴の音《ね》が近付いて来た。

倫太郎は、物陰に身をひそめた。

風鈴を鳴らし、便《たよ》り屋がやって来た。

便り屋とは、江戸市中だけで手紙を届ける仕事をしている町飛脚の一種だった。

便り屋は風鈴の音を響かせ、源助長屋の木戸を潜った。そして、お葉の家の腰高障子を叩いた。

お葉に手紙が来たのかもしれない……。

倫太郎は緊張した。

お葉が、腰高障子を開けて顔を見せた。

便り屋はお葉の名を確かめ、手紙を渡して帰って行った。

お葉は緊張した面持ちで手紙を見つめ、腰高障子を閉めた。

誰からの手紙なのか……。

倫太郎は便り屋を追った。


便り屋は、胡散臭げに倫太郎を見た。

「手紙を頼んだ人ですか……」

「うん。どんな奴だったか教えちゃあくれないか」

倫太郎は、便り屋に素早く小粒を握らせた。

「大店の旦那っていうか、押し出しのいい中年の方ですよ」

便り屋は小粒を懐に入れ、薄笑いを浮かべた。

「大店の旦那……」

「ええ。今までにも届けた事がありましてね。きっと逢引きの呼び出しですよ」

便り屋の薄笑いは、下卑《げび》た嘲笑に変わった。

お葉が、大店の中年の旦那と逢引きをしているかどうかは分からない。だが、お葉が動くのは確かだろう。

倫太郎は源助長屋に戻った。

お葉は、隣の家のおかみさんにおつるを預ってくれと頼んでいた。

同じ年頃の子供のいるおかみさんは、快く引き受けてくれた。

「おつる、おっ母ちゃん、ちょっと出掛けてくるから良い子でいるんですよ」

「うん」

お葉はおつるに言い聞かせ、隣のおかみさんに礼を述べて源助長屋を後にした。

お葉は、大店の中年の旦那に呼び出された。

何処に行くのだ……。

倫太郎は尾行した。

北割下水沿いに出たお葉は、大川と反対側の横川に足早に向かった。

昼が近づいても、清兵衛は店に姿を見せなかった。

まさか……。

鶴次郎は少なからずうろたえた。

「それでは行って参ります」

丁稚が風呂敷包を抱え、『双葉屋』から出て来て通りを横切った。

鶴次郎は、緋牡丹の絵柄の半纏を濃紺の裏にし、丁稚を追った。

通りを横切った丁稚は、溜池《ためいけ》からの流れに沿って汐留橋《しおどめ》へ向かった。そして、汐留橋を渡って木挽町《こびきちょう》に入った。

「小僧さん」

鶴次郎は丁稚を呼び止めた。

丁稚は怪訝に振り返った。

「小僧さん、確か小間物屋の双葉屋の小僧さんだったね」

鶴次郎は親しげに笑い掛けた。

「はい」

丁稚は鶴次郎に釣られ、思わず笑い返した。

「今、旦那の清兵衛さまは店においでになりますかい」

「いいえ。旦那さまは昨日からお出掛けになっておられます」

清兵衛は『双葉屋』の店にはいなかった。

鶴次郎は、突き上がる驚きを懸命に抑えた。

「ほう、どちらに……」

「さあ、手前には分かりません」

これまでだ……。

これ以上の質問は疑いを招く。

「でしたら、番頭の善吉さんはいますね」

「はい」

丁稚は頷いた。

「じゃあ、お店に行ってみますか。造作《ぞうさ》を掛けたね」

鶴次郎は、丁稚に笑い掛けて小間物屋『双葉屋』に向かった。

丁稚は鶴次郎を見送り、木挽町七丁目にある小料理屋の女将さんに注文の品を届けに行った。


清兵衛は、倫太郎を襲ってから『双葉屋』には帰っていない。

おそらく監視を嫌い、姿を隠したのだ。

何処に行った……。

鶴次郎は思いを巡らせた。

囲っている妾・お紺の家……。

鶴次郎は、浜町河岸久松町にあるお紺の家に急いだ。


本所・深川には堀割が縦横に交錯している。

横川に出たお葉は、南にある本所竪川《たてかわ》に向かった。

倫太郎は追った。

法恩寺橋、北中之橋を通り過ぎたお葉は、大川に繋がる竪川に出た。そして、横川に架かる北辻橋を渡り、竪川沿いを東に下った。

一瞬、お葉は振り向いた。その顔に警戒心は窺えず、怯えが滲んでいた。

倫太郎は慎重に尾行した。

お葉は、四ツ目之橋の袂を通り、横十間川に架かる清水橋を渡って亀戸《かめいど》村に入った。

亀戸村には田畑の緑が溢れていた。

お葉は、田畑の間の道を南に進んだ。行く手に雑木林と寺の大屋根が見えた。

寺は、『本所の羅漢さん』と庶民に親しまれている五百羅漢のある羅漢寺だった。

お葉の行き先は羅漢寺……。

倫太郎はそう睨んだ。

お葉は倫太郎の睨み通り、羅漢寺の門を潜って境内に入った。

手紙を送った中年の大店の旦那が、羅漢寺の境内で待っているのか……。

倫太郎は注意深く境内を窺った。

羅漢寺の境内には数少ない参拝客がいた。

お葉は境内を抜け、五百羅漢のある処に向かった。

五百羅漢は、仏の滅後、仏法を護る事を誓った仏弟子の五百の石の群像である。

お葉は、五百羅漢の一つの石像の前で止まり、辺りに誰かを探した。だが、探す相手がいないのか、吐息を洩らし息を整えた。

倫太郎は、いつ何処から現れるか分からない相手に気付かれないように、身を潜めて見守った。

お葉は、辺りに人気がないのを確かめて跪《ひざまず》いた。

倫太郎は見守った。

跪いたお葉は、素早く十字を切って手を合わせた。

隠れ切支丹……。

倫太郎は呆然とした。

お葉は隠れ切支丹なのだ。

死んだとされるお杏の父親の原田兵庫は、かつて隠れ切支丹と関わりがあると、町奉行所に疑われた事があった。

この一件の背後には、隠れ切支丹が潜んでいる……。

倫太郎の五体が緊張に引き締まった。

本堂の裏から男が現れた。

倫太郎は素早く身を潜めた。

男は小間物屋『双葉屋』の主・清兵衛だった。

双葉屋清兵衛……。

倫太郎は戸惑った。

「お杏……」

清兵衛はそう呼び掛け、お葉に近づいた。

お葉は、やはり死んだとされるお杏なのだ。

お杏は生きていた……。

倫太郎は確信した。

「清兵衛さん……」

お葉は立ち上がり、昔の夫である清兵衛を迎えた。

「お杏、得体《えたい》の知れない奴らが、私を見張っている」

「まさか公儀の役人では……」

お葉は恐怖に強張《こわば》った。

「かもしれないが、お杏に何か変わった事はないか」

「変わった事……」

お葉は思いを巡らせた。

「ああ。どうだ」

「別にないと思いますが……」

お葉は不安に震えた。

「伊佐吉さんにもか……」

「きっと……」

お葉は頷いた。

「そうか……」

清兵衛は焦りを滲ませた。

「清兵衛さん……」

「お杏、私はしばらく店には戻らず、浜町にいる。何かあればすぐに報せる。お前も気をつけて暮らすんだ」

「はい」

「じゃあ……」

清兵衛はお葉が跪いた羅漢を一瞥し、足早に本堂の裏手に入って行った。

お葉は怯えたように辺りを見廻し、逃げるように境内に戻って行った。

清兵衛は浜町河岸久松町の妾の家に行き、お葉ことお杏は北割下水裏の源助長屋に帰るのは間違いない。

倫太郎は、お葉が手を合わせた羅漢に近づいた。

風雨に晒《さら》された羅漢は、何故か幸せそうな顔をしていた。

倫太郎は羅漢を調べた。そして、羅漢の額に刻まれた皺《しわ》が、十文字になっているのに気がついた。

隠れ切支丹の十字架……。

五百羅漢の中に、切支丹の石像が隠されている。

倫太郎は驚き、立ち尽くした。

五百羅漢は笑い、怒り、泣き、呆れ、様々な顔で倫太郎を見ていた。

浜町河岸久松町のお紺の家は、ひっそりと静まり返っていた。

鶴次郎は、黒塀の中を窺っていた。だが、お紺の家に清兵衛がいる様子はなかった。

清兵衛は何処に行ったのか……。

鶴次郎は、お紺の家に通じる路地の入口が見える場所で待つしかなかった。

浜町堀には様々な船が行き交っていた。

大川からやって来た屋根船が、栄橋の下の船着場に着いた。

「旦那、着きましたぜ」

屋根船の船頭が、障子の内に声を掛けた。

大店の旦那風の男が、障子を開けて出て来て屋根船を降りた。『双葉屋』の清兵衛だった。

浜町河岸から亀戸村に行くには、舟で大川に出て小名木《おなぎ》川を下るのが早い。

屋根船を降りた清兵衛は、油断のない厳しい眼差しで周囲を窺った。

鶴次郎は思わず怯んだ。その怯みの中に閃きが走った。

双葉屋の清兵衛……。

鶴次郎の勘が囁いた。

清兵衛は、足早にお紺の家に続く路地に入って行った。

鶴次郎は充分に間を取り、慎重に追った。

路地を進んだ清兵衛は、黒塀で囲まれたお紺の家に素早く入った。

鶴次郎は見届け、安堵《あんど》の吐息を大きく洩らした。


お杏は、御禁制の隠れ切支丹だった。

倫太郎は、事態の重大さに衝撃を受けずにいられなかった。

清兵衛は、隠れ切支丹のお杏を助けているように見えた。

羅漢寺を後にした倫太郎は、本所北割下水裏の源助長屋に向かった。

隠れ切支丹を公儀に報せるべきなのか……。

報せれば、お杏は勿論、伊佐吉やおつるにも累が及び、処刑されるのは間違いない。

知らなくていい事を知ってしまったのかもしれない……。

倫太郎は迷った。

自分が知った事実を、おゆきや鶴次郎たちにも教えるべきなのか……。

おゆきや鶴次郎たちも事実を知れば、公儀に報せるか思い悩むに決まっている。

その昔、切支丹は徳川幕府に反抗し、体制を激しく揺るがした。以来、公儀は切支丹を御禁制として激しく弾圧し、信者たちは地下に潜って隠れ切支丹となった。そして、信者たちは細々と信仰を続けてきた。

お杏は悪事に手を染めているわけではなく、その信仰が公儀の法度から外れているだけなのだ。毎日を懸命に働いて真面目に暮らしているのは、倫太郎たちと何の変わりもない。そんな、お杏やおつるたちを公儀に処刑させるべきなのか。

理不尽だ……。

倫太郎は、素直に納得出来なかった。

竪川の流れは煌めいている。

倫太郎の足取りは重く、源助長屋までの道のりは長く遠かった。


夜の大川には、様々な船の船行灯の灯りが行き交い、川面《かわも》を華やかに照らしていた。

倫太郎は北町奉行所を訪れ、白縫半兵衛の退出を待った。

半兵衛は、倫太郎の深刻な面持ちを不審に思い、両国広小路の傍の柳橋に誘った。そして、柳橋の船宿『笹舟』に赴き、屋根船を借りた。『笹舟』は、岡っ引の柳橋の弥平次の営む船宿であり、半兵衛や鶴次郎と懇意にしていた。

半兵衛は、倫太郎の話を万一にも洩れないように屋根船で聞く事にした。それだけ倫太郎の顔は、深刻に思い悩んでいた。

半兵衛と倫太郎を乗せた屋根船は、神田川から大川に乗り出した。

「半兵衛の旦那、じゃあ向島にのんびり行ってみますか」

船頭の伝八《でんぱち》が、川風で鍛えた野太い声を半兵衛に掛けた。

「うん。伝八の親方に任せるよ」

「合点だ」

伝八は半兵衛の思惑を心得ており、鼻歌混じりに屋根船を操った。

「ま、一杯やりましょう」

「はあ……」

半兵衛は倫太郎の猪口に酒を満たし、手酌で酒を飲んだ。

「さあて、何があったんですか……」

半兵衛は微笑んだ。

「半兵衛さん、隠れ切支丹をどう思います」

倫太郎は、思い切って尋ねた。

半兵衛の猪口を持つ手が止まり、その眼が僅かに煌めいた。

「倫太郎さん、そいつは大変だ」

半兵衛はおおよその事態を察知した。

「お杏ですか……」

「はい。やはり、お葉が五年前に長患いの挙句に死んだお杏でした」

倫太郎は酒を飲んだ。

「そうでしたか。ま、詳しい話を聞かせて貰いましょう」

半兵衛は手酌で酒を飲んだ。

倫太郎は、お杏の暮らしぶりと本所の羅漢寺での出来事を話し始めた。

屋根船は揺れもせずに進み、伝八の下手な鼻歌が途切れ途切れに聞こえた。

倫太郎は話し終え、吐息を洩らした。

「双葉屋の清兵衛は、お杏が隠れ切支丹だと知って庇っているのですね」

「はい……」

「それで、倫太郎さんはどうしたらいいと思っているのですか」

「分かりません……」

倫太郎は項垂《うなだ》れた。

「倫太郎さん、どうするのか決めるのはあなたですよ」

「私が……」

「ええ。この一件、火をつけたのは倫太郎さんです。お杏と清兵衛は、隠してきた秘密を暴かれると、きっと恐怖におののいていますよ」

半兵衛は己の猪口に酒を満たした。

「恐怖に……」

「隠れ切支丹として処刑される恐怖です」

「私が追い込んだと仰るんですか」

「ええ……」

半兵衛は論太郎を一瞥し、酒を飲んだ。

倫太郎は言葉を失った。

「ま、公儀に報せるのもよし。このまま見逃すのもよし。たとえその結果がどうなろうが、
倫太郎さんは倫太郎さんなりに責めを取ればいいのです」

「私なりに責めを取る……」

「ええ。責めを取る覚悟さえあれば、己の信じる事をするべきです」

「半兵衛さん……」

隠れ切支丹を摘発すべき立場の町方同心の言葉とは思えなかった。

「世の中には、私たち町方役人が知らん顔をした方がいい事もあります」

半兵衛は優しく微笑み、渾名《あだな》である〝知らん顔の半兵衛〟ぶりを見せた。

「但《ただ》し、お杏がどうして死んだ真似をしたのかはっきりさせ、それをおゆきにどう伝えるかが面倒なところです」

「はい……」

倫太郎は頷いた。

「ま、何もかも事実をはっきりさせてからの事ですが、鶴次郎には……」

「勿論、本当の事を聞いて貰います」

「そうしてくれますか……」

半兵衛は微笑んだ。

「鶴次郎は、倫太郎さんのする事を分かってくれますよ」

半兵衛は酒を飲んだ。

倫太郎も手酌で酒を飲んだ。そして、事態をはっきりさせる覚悟を決めた。


朝の浜町河岸には、屋根船や屋形船に代わって野菜などを載せた荷船が行き交っていた。

清兵衛は、蒲団の中で結《むす》び文《ぶみ》を解いた。

お紺の喉が不安げに鳴った。

清兵衛は眉をひそめ、素早く結び文を読み下した。

結び文には、お杏の死の真相について逢って教えて欲しい、夏目倫太郎と書き記されていた。

私を見張っている若い侍からだ……。

清兵衛の勘が囁いた。

「旦那さま……」

お紺は怯えた眼を清兵衛に向けた。

「心配するな」

若い侍の名は夏目倫太郎……。

清兵衛は、名前を書き記して来たのに意表を突かれた。

夏目倫太郎は、お杏の秘密に気付いたのかも知れない。もし、そうだとしたら放って置くわけにはいかない。

逢うしかない……。

清兵衛は、夏目倫太郎と逢う覚悟を決めた。

築地《つきじ》の海は煌めいていた。

倫太郎は、鉄砲洲《てっぽうず》波除稲荷《なみよけいなり》の境内から眩しげに海を眺めていた。

午《うま》の刻九つ（正午）、約束の時間だ。

『双葉屋』清兵衛が境内に現れた。

倫太郎は、清兵衛が近づくのを待った。

清兵衛は辺りを警戒し、慎重な足取りで倫太郎に近寄ってきた。

「夏目倫太郎さまですか……」

清兵衛は、静かに倫太郎を見据えた。

「如何《いか》にも……」

倫太郎は小さく笑った。

「死んだお杏の何を知りたいのです」

清兵衛は僅かに身構えた。

「お杏さんは何故、長患いの挙句に死んだふりをして、お葉さんになったのですか」

倫太郎は単刀直入に尋ねた。

清兵衛に狼狽が浮かんだ。

「それは、本所の羅漢さんと関わりがあるんですね」

倫太郎は、隠れ切支丹という言葉を使わなかった。

清兵衛は息を飲み、懐に忍ばせた匕首を抜いた。

倫太郎は素早く背後に跳び、清兵衛との間合いを保った。

「関わりあるんですね」

「だとしたらどうする……」

清兵衛は眼を血走らせ、倫太郎に迫った。

「清兵衛さん、馬鹿な真似は止《や》めるんだ。私は只の戯作者だ」

「戯作者……」

「ええ。死んだお杏さんに瓜二つの女がいると聞き、面白いと思って調べた。そうしたらお葉さんに辿り着いた」

「そして、公儀に訴え出るか」

「違う」

「ならば、脅して金づるにでもする気か」

清兵衛の匕首が鋭く光った。

「そいつも違う」

「違う……」

清兵衛は戸惑いを浮かべた。

「私は真実を知りたいだけだ」

「真実……」

「気付いているだろうが、私は一人で来ている。公儀に報せるなら一人で来はしない」

倫太郎は、清兵衛を正面から見つめた。

清兵衛は疲れ果てた吐息を洩らし、構えていた匕首を下した。

「お杏の父親は、その昔、隠れ切支丹と関わりがあると町奉行所に調べられた」

清兵衛は語り始めた。

「隠れ切支丹はお杏だった。公儀に知れればお杏は死罪。私はお杏を助けたい一心で長患いの挙句、死んだ事にした」

清兵衛に出来る事はそれだけだった。

「そして、本所北割下水裏の源助長屋に匿《かくま》ったのですか……」

「双葉屋に櫛を卸していた櫛問屋の職人を頼って……」

「伊佐吉さんですね」

清兵衛は、倫太郎がいろいろ知っている事に驚きもせず、頷いた。

当時、伊佐吉は女房を亡くし、乳飲《ちの》み子《ご》のおつるを抱えて困っていた。お杏はそれを知り、伊佐吉の住む源助長屋に赴いたのだ。そして、伊佐吉と夫婦になり、おつるを我が子として必死に育てた。そこには、清兵衛に累を及ぼすのを恐れ、自分との縁を断ち切って貰う為の愛が潜んでいた。

お杏と清兵衛は、別れてもお互いの身を案じていたのだ。だが、倫太郎が現れ、事態を混乱させた。

「申し訳のないことをしました」

倫太郎は詫びた。

清兵衛は戸惑った。

「私はもうお杏さんの一件を忘れます。ですから安心して下さい」

「夏目さん……」

「清兵衛さん。お杏さん、いえ、お葉さんに私が詫びていたとお伝え下さい。じゃあ……」

倫太郎は、清兵衛に一礼して波除稲荷の境内を後にした。

清兵衛は、困惑した面持ちで立ち尽くした。

波除稲荷を出た倫太郎は、八丁堀に架かる稲荷橋を渡った。

稲荷橋から見える江戸湊《みなと》には、千石船が白い帆を煌めかせていた。

倫太郎は眩しく眺めた。

お葉は、お杏と瓜二つの赤の他人だった。

倫太郎は、おゆきと結衣にそう説明し、無理やり納得させた。そして、鶴次郎に真相を話した。

「内緒にしていて申し訳ありませんでした」

倫太郎は鶴次郎に詫びた。

「ま、一杯やりましょうや」

鶴次郎は、倫太郎の猪口に酒を満たした。

「知らないで助かりましたよ」

鶴次郎は猪口の酒を飲み干し、苦笑した。

「鶴次郎さん……」

「倫太郎さん、他人の生き方に関わるってのは、難しくて面倒なもんですねえ」

「ええ。思い知らされました」

「で、閻魔亭居候の先生は……」

「流石に黄表紙に書けないでしょう」

「今度の一件に出番はありませんか……」

鶴次郎は笑った。

倫太郎は苦く笑い、手酌で酒を飲んだ。

芝口の小間物屋『双葉屋』は相変わらず繁盛していた。清兵衛は、以前にも増して商売に励んだ。

お葉は伊佐吉と仲良く暮らし、一人娘のおつるを可愛がっていた。

何もかもが以前と同じだった。


閻魔亭居候の黄表紙は出版されず、倫太郎の懐は淋しくなった。

「ありませんよ。倫太郎さんに貸すお金なんか」

結衣は、縋《すが》る倫太郎を邪険に振り払った。

「頼む結衣。利息はちゃんと払う。いや、倍にして返す。だから一分《いちぶ》。いや、一朱でいいから貸してくれ。頼む」

「どうせ、春風さんや京伝さんとお酒を飲むんでしょう。そんなのにお金、貸せないわよ」

結衣は、お杏の一件があやふやに終わったのを怒っていた。

おゆきちゃんに合わせる顔がない……。

結衣の怒りは収まる様子を見せなかった。

倫太郎は謝り、頼み続けるしかなかった。

第三話　草双紙の女

一

北町奉行所与力・大久保忠左衛門は、足音を鳴らして離れの倫太郎の部屋に向かった。

「起きろ、倫太郎」

忠左衛門は首の筋を伸ばし、白髪眉を震わせて怒鳴り、倫太郎の部屋の障子を開けた。

差し込んだ朝の光が部屋の中を照らした。

蒲団は畳まれ、部屋は珍しく綺麗《きれい》に片付けられていた。

倫太郎はいなかった。

「倫太郎……」

忠左衛門は戸惑い、怪訝に辺りを見廻した。廊下や庭先に倫太郎の姿はない。

「結衣、結衣」

忠左衛門は再び首の筋を伸ばし、白髪眉を震わせた。

母屋から結衣がやって来た。

「御用ですか、お父上」

「うむ。倫太郎はどうした」

「もう出掛けましたが……」

「出掛けただと」

忠左衛門は驚いた。

「はい」

「何処に」

「さあ、存じません」

結衣は首を捻った。

「おのれ。結衣、行き先ぐらい聞いておけ」

忠左衛門は、毎朝の楽しみを失った腹いせに結衣に当たった。

「お父上、私は倫太郎さんの妻でもなければ、許婚《いいなずけ》でもございません」

結衣は忠左衛門を睨みつけた。

「う、うむ。その通りだ。倫太郎の嫁にしてたまるか」

忠左衛門は、足音を鳴らして母屋に戻って行った。

結衣は見送り、吐息を洩らした。

「それにしても倫太郎さん、上手《うま》くやっているのかしら……」

倫太郎は、一昨日から黄表紙の題材探しをかね、地本問屋『鶴喜』の納戸の片付けの手伝いに雇われていた。

地本問屋『鶴喜』は日本橋通油町《とおりあぶらちょう》にあり、錦絵や絵草紙を出版する老舗だった。柳亭種彦《りゅうていたねひこ》の『修紫田舎源氏《にせむらさきいなかげんじ》』などを出し、閻魔亭居候の黄表紙も時々出していた。

筆の止まった倫太郎は、何とか抜け出そうと『鶴喜』の納戸の片付けを手伝っていた。

地本問屋『鶴喜』の納戸には、持ち込まれた原稿が山のように積まれていた。

倫太郎と手代の春吉《はるきち》は、手拭《てぬぐい》で鼻と口を覆って埃《ほこり》を避け、山のような原稿を仕分けしていた。出版された原稿、没になった原稿。倫太郎は原稿を確かめ、春吉と共に朝から仕分けを続けていた。

面白い……。

倫太郎は、没になった一冊の原稿に眼を通し、その面白さにひき込まれた。

没の原稿には、書いた頁《ページ》が取れたのか、題名と戯作者名は書かれていなかった。

題名のない原稿には、女衒《ぜげん》に売られてきた娘が、男たちを踏み台にしてのしあがって行く姿が赤裸々《せきらら》に描かれていた。女衒とは、女を遊女に売り買いする者を指した。

何故、こんなに面白い草双紙が没になったのか……。

倫太郎は疑問を抱いた。

「ああ。あの原稿、蔵にありましたか……」

老番頭の市蔵《いちぞう》が、箸を持つ手を止めた。

「いやあ、面白いですね」

倫太郎は感心した。

「そうですか……」

市蔵は、戸惑いを浮かべて沢庵《たくあん》を食べた。

「ええ。題名も戯作者の名も取れていましたけど……」

倫太郎は、市蔵たち奉公人と『鶴喜』の台所で昼飯を食べていた。

「倫太郎さん、ありゃあまだ最後が書かれていませんでしてね。だから外題も戯作者の名前も書かれていないんですよ」

市蔵は、飯に茶を掛けて盛大に啜りこんだ。

「へえ、そうなんですか……」

「あれがどうかしましたか」

「いえ。あんなに面白いのに、どうして没になったのかなと思いましてね」

「そりゃあ、最後が書かれていないし、大して面白くないからですよ」

「そうですかねえ……」

倫太郎は戸惑いを浮かべた。

「おまけに原稿を持ち込んだ人が死んじまいましてね」

「死んだ……」

倫太郎は驚いた。

「ええ。神田川に土左衛門《どざえもん》であがったんですよ」

市蔵は苦笑した。

「市蔵さん、そいつはいつ頃の話ですか」

「一昨年の話ですよ」

「その死んだ人はどんな人ですか」

「確か岡野《おかの》って浪人でしたよ」

「岡野。名は……」

「さあ、小五郎《こごろう》だったか小十郎《こじゆうろう》だったか……」

市蔵は首を捻り、飯台に箸と茶碗を置いた。

「さあ、みんな。昼からも一生懸命に働いておくれよ」

市蔵は、奉公人たちを厳しく見廻して帳場に戻って行った。

倫太郎は、外題のない原稿を懐に入れ、茶碗に残っていた飯をかき込んだ。


日本橋青物町の居酒屋『角や』は、その名の通り町角にあった。

倫太郎は、地本問屋『鶴喜』のその日の手伝いを終えて暖簾を潜った。

「いらっしゃい」

店の親父と若い衆が、威勢良く倫太郎を迎えた。

「邪魔するよ」

倫太郎は、店の親父と若い衆に声を掛けて店を見廻した。

「倫太郎さん、こっちです」

鶴次郎が、入れ込みの衝立《ついたて》の陰から顔を見せた。

倫太郎は若い衆に酒と肴を頼み、鶴次郎の前に座った。

「待ちましたか」

「いえ。さっき来たばかりですよ。ま、どうぞ」

倫太郎と鶴次郎は、四、五日前から酒を飲む約束をしていた。

鶴次郎は、倫太郎の猪口に酒を満たした。

「すみません。じゃあ……」

倫太郎と鶴次郎は猪口を掲げ、酒を飲んだ。

「鶴次郎さん、一昨年、神田川に浪人の土左衛門が浮かんだはずなんだけど、覚えていますか」

「一昨年、神田川に浪人の土左衛門ですか」

「ええ……」

「ま、浮かんだのでしょうが……」

鶴次郎は苦笑した。

土左衛門は多過ぎるぐらいだが、情報は少な過ぎて分からない……。

それが、鶴次郎の苦笑の意味だった。

「浪人、岡野ってんですがね……」

「倫太郎さん。その岡野って浪人、土左衛門になる前、なにをしたってんですか」

鶴次郎は手酌で酒を飲んだ。

「草双紙を書きましてね。これです」

倫太郎は、懐から外題のない原稿を取り出して鶴次郎に見せた。

「この草双紙を書いたんですか」

鶴次郎は怪訝に眉をひそめた。

「ええ……」

「草双紙に何か気になる事でも……」

何らかの事件に関わる事が、草双紙に書き記されている……。

鶴次郎はそう思った。

「いえ。田舎から女衒に売られて来た娘が、江戸で男を騙《だま》し、踏み台にしてのしあがってい
く姿が書かれているんですが、そいつがとっても面白いんですよね。それで、その女が本当
にいるのかどうかと思いましてね」

倫太郎は、書いた浪人の岡野某《なにがし》より、描かれた女に興味を持っていた。

「それで、書いた人に詳しく聞いてみようと思ったんですが……」

「土左衛門になっていましたか」

鶴次郎は苦笑した。

「ええ。ま、書かれている事を調べてみれば、女が本当にいるかいないか、分かりますが
ね」

倫太郎は残念そうに酒を飲み干し、草双紙の女と土左衛門の話を打ち切った。

「それより鶴次郎さん。黄表紙になりそうな面白い事件、何かありませんかね」

「まだ、筆は止まったままですか」

「ええ。どうにも進みません」

倫太郎は、苦笑しながら酒を飲んだ。

居酒屋『角や』は、常連客の楽しい笑い声で溢れていた。


浪人・岡野某に書かれた女は、十三歳の時に甲州勝沼から江戸の女郎屋に売られ、下女から女郎になった。女郎になった女は、男に貢がせて強かに生き抜き、二十歳《はたち》の時に大店の隠居に身請《みう》けされて苦界《くがい》から抜け出した。そして、隠居が死んだ後、しっかりと貯め込んだ金で小商いを始めた。その後、女は次々と男を利用して商売を大きくし、身代《しんだい》を築いていくのだった。

描かれた女は実在するのか、それとも岡野某が作り上げたものなのか……。

倫太郎の興味は尽きなかった。

岡野某の描いた女は、最後には下谷広小路に高価な扇だけを扱う店を開き、大名旗本や大店の主などを顧客にしていた。

倫太郎は下谷広小路に行き、草双紙に書かれている扇屋の場所を見た。

扇屋はあった……。

そこには、扇屋『玉泉堂』があった。

草双紙に書いてある通りだ……。

倫太郎は驚いた。

扇屋『玉泉堂』は高価な品物を扱い、大名や旗本御用達の金看板を掲げていた。

草双紙に扇屋の屋号は書いてないが、下谷広小路に高価な扇を扱う扇屋は他にない。

倫太郎は、扇屋『玉泉堂』の主が誰か調べた。主は〝菊枝《きくえ》〟という名の女主人だった。

菊枝……。

倫太郎は困惑した。

草双紙に書かれた女の名は〝松枝《まつえ》〟であり、〝菊枝〟ではない。だが、よく似ており、他の条件は悉《ことごと》く一致している。

倫太郎は、扇屋『玉泉堂』界隈にそれとなく聞き込みを掛けた。

女主人・菊枝は三十歳半ばの独り身であり、その過去ははっきりしていなかった。

扇屋『玉泉堂』の女主人・菊枝が、外題のない草双紙に書かれた女なのか……。

倫太郎の疑問と興味は募るばかりだった。

倫太郎は客として扇屋『玉泉堂』を訪れ、主の菊枝の顔を見届けた。

菊枝は、すらりとした肢体《したい》に落ち着いた色柄の着物をまとい、大店の女主らしい静かで品の良い雰囲気を漂わせていた。そこには、幼い頃から下女働きをし、女郎や妾奉公をしてきた卑《いや》しさは欠片《かけら》も窺えなかった。

菊枝と岡野が書いた草双紙の女は別人……。

倫太郎はそう思った。


不忍池の畔に初老の男の死体が浮かんだ。

初老の男は酒にでも酔っていたのか、不忍池に落ちて溺死《できし》していた。

土左衛門……。

身許はその日の内に分かった。土左衛門は喜十《きじゅう》という名の女衒だった。

月番の北町奉行所定町廻り同心の風間《かざま》と岡っ引の谷中《やなか》の紋蔵《もんぞう》は、女衒の喜十の溺死を酒に酔った上での事故と断定して一件を落着させた。


女衒の喜十……。

「鶴次郎さんも、喜十が酒に酔って不忍池に落ちたと思っているんですか」

倫太郎は眉をひそめた。

「さあ、どうですかね……」

鶴次郎は苦く笑った。

同心の風間と谷中の紋蔵が決めた事だ。同業の者たちが異論を挟むのは難しい。

「白縫さんはどう思っているんですかね」

「半兵衛の旦那は、他人の扱いに口は出しませんよ」

「そうですか……」

半兵衛が黙っているところをみると、女衒の喜十の溺死に不審な点はないのだ。

「ま、相手が風間の旦那と紋蔵の親分ですからね」

鶴次郎は、苦笑しながら酒を飲んだ。そこには、微かな軽蔑《けいべつ》が含まれていた。

「どういう事ですか」

倫太郎は、怪訝な眼差しを向けた。

「ここだけの話ですが、風間の旦那は怠け者。紋蔵の親分は何かと噂の多い岡っ引でしてね」

「信用出来ませんか」

「あっしはね……」

鶴次郎は手酌で酒を飲んだ。

「それにしても倫太郎さん、女衒の喜十が死んだのが、そんなに気になるんですか」

「ええ。実はね鶴次郎さん、例の草双紙にも女衒が出て来て、主人公の女を女郎屋に売り飛ばすんです。そいつの名前が義十《ぎじゅう》っていうんですよ」

「義十……」

「ええ。喜十に義十。似ていると思いませんか」

「似ているなんてもんじゃありませんよ」

鶴次郎は驚き、口を尖《とが》らせた。

「鶴次郎さんもそう思いますか」

倫太郎は身を乗り出した。

「ええ。喜十に義十。おそらく、草双紙に出て来る女衒の義十は、喜十に似せてつけた名前でしょう」

鶴次郎は読んだ。

「私もそう思います」

倫太郎は頷いた。

「何かありそうですか……」

鶴次郎は楽しげに酒を飲んだ。

「外題のない草双紙を書いた浪人の岡野。そして、草双紙に出て来る女衒の義十の雛型《ひながた》になった喜十。二人とも溺《おぼ》れ死んだってのが気になりますね」

「ええ……」

「それから鶴次郎さん……」

倫太郎は、草双紙に描かれている扇屋の女主の〝松枝〟と、扇屋『玉泉堂』の〝菊枝〟の事を教えた。

「倫太郎さん。じゃあなんですかい、例の草双紙に出て来る女、玉泉堂のお内儀さんだってんですか」

鶴次郎は困惑を浮かべた。

「義十と喜十、松枝と菊枝。気になりませんか……」

倫太郎は誘うように笑い掛けた。

「ちょいと調べてみますか……」

鶴次郎は苦笑した。

「一緒にやってくれますか」

倫太郎は顔を輝かせた。

「いいでしょう」

鶴次郎は頷いた。

倫太郎と鶴次郎は、女衒の喜十の死を調べ直し、扇屋『玉泉堂』の菊枝の過去を洗う事にした。

不忍池には水鳥が遊び、畔には散策する人が行き交っていた。

倫太郎と鶴次郎は、女衒の喜十が溺死していた一帯を詳しく調べた。

喜十の溺死体は、朝早く畔を散策する人によって発見されていた。それから逆算すると、死んだのは夜更けになる。そして、それまで不忍池の畔の何処かで酒を飲んでいたのに違いない。

倫太郎と鶴次郎は、喜十の足取りを追って池之端一帯の飲み屋に聞き込みを掛けた。だが、池之端一帯の飲み屋に喜十の足取りはなく、倫太郎と鶴次郎は聞き込みの範囲を湯島に広げた。そして、湯島天神女坂下の居酒屋に喜十の足取りを見つけた。

喜十は、年増の酌婦を相手に酒を飲んでいた。倫太郎と鶴次郎は、年増の酌婦を呼んで貰った。

年増の酌婦は、居酒屋の二階に寝泊りしているらしく髪を乱し寝惚け眼《まなこ》で階段を降りてきた。

鶴次郎は、酌婦に素早く小粒を握らせ、寝惚け眼を覚まさせた。

「もう、年の割りには乱暴な飲み方をする親父さんでさ。お酒、随分飲んだわよ」

酌婦の眼はすぐに覚めた。

「金、持っていたのかい」

「ええ。俺には金づるがあるんだって、小判を見せびらかしていましたよ」

「金づる……」

倫太郎は眉をひそめた。

「うん……」

酌婦は熱い茶を啜った。熱い茶は、酔いの抜け切らない五体に染みた。

「金づる、どんな人か云っていなかったかい」

倫太郎は尋ねた。

「さあ。どんな人かは云っていなかったけど、これから逢って金を貰うんだって云っていましたよ」

酌婦は思いも寄らぬ事を云った。

「これから逢う……」

倫太郎と鶴次郎は、思わず顔を見合わせた。

「ええ。亥《い》の刻四つ（午後十時）に池之端で逢うって云っていましたよ」

亥の刻四つに池之端……。

喜十は、亥の刻四つに池之端で金づると逢い、金を貰う事になっていた。だが、その時に何かが起こったのだ。

「鶴次郎さん、こいつは殺しも疑えますね」

倫太郎は厳しい面持ちになった。

「ええ。姐《ねえ》さん、谷中の紋蔵って岡っ引、父っつぁんの事を聞きに来なかったかい」

鶴次郎の眼が鋭く光った。

「来ましたよ」

酌婦は事も無げに答えた。

「来た……」

鶴次郎は微かに動揺した。

「ええ。親父さんが土左衛門で見つかった次の日だと思うけど、とにかく来ましたよ」

「それで、今と同じことを話したのかい」

「そうですよ。もっとも紋蔵親分には、ざっとの事しか話さなかったけどね」

どうやら紋蔵は、酌婦に心付けを渡さなかったようだ。

「鶴次郎さん……」

「ええ。こいつは紋蔵親分も調べる必要がありますね」

谷中の紋蔵は、喜十が金づると逢う事を知っていた。岡っ引なら当然、喜十の溺死に殺しの可能性があると気付くはずだ。だが紋蔵は、喜十が酔って足を滑らせて池に落ちたと見立てた。

何故だ……。

女衒の喜十の溺死の裏には、思わぬ事が秘められている。そして、それは草双紙に描かれた女に関わりがあるのだろうか……。

倫太郎は思いを巡らせた。

二

浪人・岡野某の書いた草双紙の女は、十六歳の時に女郎にされ、客を取らされる。その時、女は客に抱かれながら一刻も早く苦界から抜け出そうと決意する。

脱け出すのには金がいる……。

女は、金を得る為に次々と客を取った。

女は若いながらも天性の手練手管《てれんてくだ》の持ち主であり、客は何重にもなりながら途切れる事はなかった。

女は金を貯めた。


扇屋『玉泉堂』の女主の菊枝は、若い頃に上方《かみがた》で扇作りの修業をしたと称していた。扇は、扇骨加工の職人から始まり、十人以上の職人の分業によって作られる。菊枝は、扇の絵柄を描く上絵師の修業をし、やがて師匠筋の上絵師と夫婦になった。だが、夫は病死し、一人残された菊枝は細々と仕事を続けた。そして、菊枝は金を貯め、上方から江戸に出て来た。

それが、菊枝を知る人々から様々な事を聞き集め、倫太郎が整理した事であった。だが、それらのすべては、菊枝自身が洩らした事であり、第三者からの情報ではなかった。

何処までが真実なのか……。

そして、菊枝は女衒の喜十と関わりがあるのだろうか……。

倫太郎は、喜十が死んだ夜の菊枝の行動を摑もうと、下男や丁稚などの奉公人を協力者にしようとした。だが、奉公人たちは、倫太郎に胡散臭げな眼を向けるだけだった。菊枝の奉公人に対する教育に隙《すき》はない。

倫太郎は、微かな焦りと苛立ちを覚えた。


天王寺門前、谷中八軒町は昼間の静けさに包まれていた。

谷中八軒町の片隅にある小料理屋が、谷中の紋蔵の家だった。紋蔵は、妾を女将に据えて小料理屋を営んでいた。

紋蔵の岡っ引としての評判は、決して良くなかった。

金を貰って事件を揉み消したり、事件絡みで知った事で強請りを働いたりしていると専《もっぱ》らの噂だった。

鶴次郎は紋蔵を見張った。

紋蔵は下っ引の鍋吉《なべきち》を従え、不忍池の畔を抜けて下谷広小路に向かった。

鶴次郎は尾行た。


下谷広小路は、上野寛永寺の参拝客や不忍池の畔を散策する人々で賑わっていた。

紋蔵と鍋吉は、雑踏を上野元黒門町に向かった。そこには、扇屋『玉泉堂』があった。

紋蔵は鍋吉を表に残し、一人店の中に入っていった。

鶴次郎は物陰から見送った。

「鶴次郎さん……」

倫太郎が、怪訝な面持ちで鶴次郎の背後に現れた。

「やあ……」

「谷中の紋蔵、どうしたんですか」

「野郎が紋蔵の下っ引の鍋吉ですよ」

鶴次郎は、『玉泉堂』の表に佇んでいる鍋吉を示した。

「紋蔵、玉泉堂に来ているんですか」

倫太郎は戸惑いを浮かべた。

「ええ、何の用があって来たのか……」

鶴次郎は鼻の先に嘲りを浮かべた。

「で、倫太郎さんの方は如何ですかい」

「それが、奉公人たちの口も堅く、菊枝の素性の本当のところはなかなか……」

倫太郎は吐息混じりに肩を落とした。

「摑めませんか」

「ええ……」

「ま。諦めないで調べ続けるしかありませんね」

鶴次郎は、苦笑しながら励ました。

「それにしても鶴次郎さん。紋蔵が玉泉堂に来た用ってのが気になりますね」

「ええ……」

倫太郎と鶴次郎は、鍋吉が佇んでいる『玉泉堂』の表を見つめた。


四半刻が過ぎた。

谷中の紋蔵が、『玉泉堂』から出て来た。そして、『玉泉堂』に嘲りの一瞥を投げ掛け、鍋吉を従えて御成街道を神田川に向かった。

「じゃあ……」

鶴次郎は倫太郎を残し、紋蔵と鍋吉を追って広小路の雑踏に入って行った。

「さあて、どうする……」

倫太郎は鶴次郎を見送り、『玉泉堂』に視線を戻した。その時、女主人の菊枝が、老番頭や丁稚に見送られて『玉泉堂』から出て来た。

菊枝は足早に広小路を抜け、上野寛永寺横の山下に向かった。倫太郎は、人ごみに紛れて追った。菊枝は山下から入谷に進んだ。

何処に行くんだ……。

倫太郎は菊枝を尾行た。

菊枝は入谷に入り、行く手にある浄円寺の山門を潜った。


浄円寺の墓地は、線香の紫煙と香りが漂っていた。

菊枝は墓に線香を手向《たむ》け、哀しげな眼差しで見つめた。

倫太郎は石塔の陰に潜んだ。

菊枝が墓参りに来たのは、岡っ引の谷中の紋蔵と関わりがあるのか……。

倫太郎は、佇む菊枝を見守った。

墓を見つめる菊枝の横顔には、己を落ち着かせようとする思いが窺われた。

菊枝は何かに動揺し、それを懸命に抑えようとしている……。

倫太郎がそう思った時、菊枝の頬に一筋の涙が零《こぼ》れた。菊枝は慌てて涙を拭い、墓に跪いて手を合わせた。

誰の墓なのか……。

木洩れ日の煌めきが、墓に手を合わせる菊枝を包んだ。

倫太郎は、そんな菊枝を眩しげに見守った。

菊枝は落ち着きを取り戻したのか、吐息を洩らして墓の前から立ち上がった。

立ち昇る紫煙が渦巻き、煌めきの中に乱れ散った。

菊枝は墓場を立ち去った。おそらく店に帰るのだ。倫太郎は菊枝を見送り、墓に書かれた俗名《ぞくみよう》を覗き込んだ。

墓には、俗名岡野小五郎と書かれていた。

岡野小五郎……。

外題のない草双紙を書いた戯作者、岡野某の事だ。

墓は、一昨年神田川に土左衛門で浮かんだ岡野某のものなのだ。

倫太郎は少なからず驚いた。

菊枝は、戯作者・岡野某こと小五郎と知り合いだった。

外題のない草双紙に描かれた松枝は、やはり菊枝なのだ。

倫太郎は確信した。

風が吹き抜け、木洩れ日の煌めきを大きく揺らした。

外濠の水面には小波が走っていた。

谷中の紋蔵と鍋吉は、外濠に架かる呉服橋を渡って北町奉行所に入った。

定町廻り同心の風間の旦那の処に来た……。

鶴次郎はそう睨み、呉服橋の袂で見送った。

風間は何故、女衒の喜十の死を殺しだと見抜けなかったのだろう。

鶴次郎は思いを巡らせた。

「何してんだ、鶴次郎」

本湊の半次が、北町奉行所臨時廻り同心の白縫半兵衛とやって来た。

「こりゃあ旦那……」

鶴次郎は半兵衛に挨拶をした。

岡っ引の本湊の半次とは、幼馴染みで子供の頃からつるんでいた仲だ。

「こんな処で何をしている」

半兵衛は鶴次郎に笑顔を向けた。

「はい。実は倫太郎さんとある事を調べていましてね」

「ほう、倫太郎さんとね」

半兵衛は笑みを消した。

「どんな事件だ」

半次が眉をひそめた。

鶴次郎は決めた。

「旦那、聞いて戴けますかい……」

鶴次郎は、半兵衛と半次に事の次第を話し始めた。

外題のない草双紙に描かれた女と、『玉泉堂』の女主人の菊枝……。

女衒の喜十の溺死の一件と、谷中の紋蔵の行動……。

鶴次郎は詳しく話した。


「じゃあ、よろしく頼んだぜ」

「へい。お任せを。じゃあ、御免なすって」

紋蔵と鍋吉は、風間に挨拶をして同心詰所を出た。擦れ違うように半兵衛が入って来た。

「こりゃあ、知らん顔の旦那……」

紋蔵と鍋吉は、媚《こ》びるような眼差しで半兵衛に挨拶をした。

「やあ。紋蔵に鍋吉。達者にやっているかい」

「へい。おかげさまで……」

「ま。真面目に勤めるんだね」

「へい。御免なすって」

紋蔵と鍋吉は、卑屈なほど腰を低くして同心詰所を出て行った。

半兵衛は苦笑して見送った。

「ゆっくりですね、半兵衛さん」

「うん。それより風間……」

「はい」

「不忍池に浮かんだ土左衛門な」

「女衒の喜十ですか……」

「うん。その喜十、どうして土左衛門になったんだい」

半兵衛は気軽な調子で尋ねた。

「ああ、それなら喜十の奴が酒に酔っていましてね。足を滑らせて池にどぼん。それで哀れな土左衛門ですよ」

「本当にそうなのかい」

「えっ……」

風間は戸惑った。

「喜十が足を滑らせた証、あるのかい」

「いえ。それは……ですが、紋蔵が調べてそうだと……」

「風間、お前さんが、じかに調べたんじゃあないのかい」

半兵衛は厳しい眼差しを向けた。

「えっ、ええ……」

風間は、ばつが悪そうに視線を逸《そ》らした。

「そうか……」

「はい……」

「で、紋蔵の調べに間違いはないいんだな」

半兵衛は風間を厳しく見据えた。

風間は背筋に冷たいものを感じ、微かに震えた。

「風間、私たち同心は、正式には一代限りの抱え席。お偉いさんにいつ首にされてもおかしくないんだよ」

半兵衛は冷笑を浮かべた。

外題のない草双紙に描かれた女は、客から金を貰って貯め続けた。

何人もの客から金を貰うには、嘘をついたり騙したりした。そして、嘘が露見した時には、惚けたり開き直ったりした。

女は金だけを信じ、必死に貯めこんだ。金が貯まれば貯まるほど、女の悪評は高くなった。だが、女は悪評にもめげず、貯めた金を朋輩《ほうばい》女郎に高利で貸し始めた。朋輩女郎たちは女を蔑み、罵倒《ばとう》した。そんな女も病に倒れ、逆に金を毟《むし》り取られるのだ。坂を転げ落ちるのは早い。女は再び無一文になった。朋輩女郎たちは嘲り笑った。女の嘘に騙され、金をくれる客もすでにいなかった。女はどん底に落ちてもがき苦しみ、首を吊ろうとする。客として来ていた浪人が、そんな女を助けたのだった。

女を助けた浪人……。

その浪人が、外題のない草双紙を書いた岡野小五郎自身なのかも知れない。

扇屋『玉泉堂』は、高級店らしく通りすがりの客は少ない。

倫太郎は見張りを続けた。

昼下がり、菊枝は町駕籠に乗り、荷物を持った手代をお供に出掛けた。

倫太郎は尾行した。

菊枝を乗せた町駕籠は、御徒町を横切って三味線堀の傍にある大名屋敷を訪れた。そこは、出羽久保田藩二十一万石の江戸上屋敷だった。

菊枝は荷物を持った手代を従え、久保田藩江戸上屋敷の門を潜った。

おそらく、久保田藩佐竹家は扇屋『玉泉堂』の得意先なのだ。

その日、菊枝は手代を従え、二軒の大名屋敷と三軒の大身《たいしん》旗本屋敷を廻った。

大名旗本を顧客に持つ扇屋『玉泉堂』は、女主人の菊枝一人で築き上げた店だ。

倫太郎は、菊枝の商才に感心せずにはいられなかった。


両国広小路には露店や見世物小屋が並び、さまざまな人で賑わっていた。

北町奉行所を出た紋蔵は、鍋吉を従えて広小路にある呉服屋を訪れた。

鶴次郎と半次は、人ごみの陰から呉服屋の店内を透かし見た。

紋蔵と鍋吉は、十手をこれみよがしにかざして番頭に凄んでいた。番頭は慌てて小判を紙に包んでいた。

「紋蔵の野郎……」

半次は吐き棄てた。

「強請りにたかり。まったく質の悪い岡っ引だぜ」

鶴次郎は呆れた。

「鶴次郎、これ以上、見て見ぬふりは出来ねえ。俺は紋蔵の悪事を調べあげてやるぜ」

半次は怒りを滲ませた。

「ああ……」

鶴次郎は屈託ありげに頷いた。

「どうした」

「紋蔵の野郎、ひょっとしたら玉泉堂にも脅しを掛けていたのかもな」

「玉泉堂って、女主の菊枝にか……」

「ああ……」

鶴次郎は頷いた。

紋蔵は、菊枝の素性と過去に関する事で脅しを掛けている。そして、脅しは女衒の喜十の死にも関わりがあるのかも知れない。

鶴次郎の思いは広がった。


酉《とり》の刻暮六つ（午後六時）。

菊枝は手代を従え、その日の商売を終えて扇屋『玉泉堂』に戻った。

倫太郎は尾行を終えた。

下谷広小路は夕陽に染まり、人通りも少なくなった。

扇屋『玉泉堂』の女主人の菊枝は、大名や大身旗本を顧客に抱えており、その伝手《つて》を頼れば大抵の事は上手く始末が出来るはずだ。

岡野小五郎の墓を訪れ、涙を零す必要があるとは思えない。

仮にそれが出来ない場合となると、相手は御公儀か、菊枝自身が手配りをしないのかのどちらかだ。

菊枝自身が、手配りをしない場合とはどのような時か……。

倫太郎は思いを巡らせた。

公表出来ない事……。

自分の素性と過去。そして、隠し続けて来た罪がある時だ。

いずれにしろ、自分が破滅に追い込まれる事実は、たとえ相手がお得意さまであっても公表は出来ない。

菊枝は、そうした状態に追い込まれているのかもしれない。

倫太郎は、さまざまな場合を想定してみた。


酒は五臓に染み渡った。

「岡野小五郎の墓ですか……」

「ええ。岡野の墓に手を合わせ、涙を零していましたよ」

倫太郎は、鶴次郎の猪口に酒を満たした。

「畏れ入ります。倫太郎さん、菊枝が涙を零したわけ、何でしょうね」

鶴次郎は猪口の酒を啜った。

「心当たりあるんですか……」

倫太郎は手酌で酒を飲んだ。

「谷中の紋蔵、関わりありありませんかね」

「谷中の紋蔵……」

倫太郎は眉根を寄せた。

「ええ。紋蔵の野郎、お上の御用で知った他人の秘密で強請りたかりを働いていましてね。

そりゃあもう質の悪い奴でして……」

「じゃあ、玉泉堂の菊枝も……」

倫太郎は猪口を置いた。

「紋蔵に脅されているんじゃあないですかね」

鶴次郎は鋭い睨みをみせた。

「女衒の喜十ですか……」

倫太郎は猪口の酒を飲み干した。

「ええ。紋蔵は喜十が殺されたと知りながら惚けている。そいつの裏には、菊枝を強請る企みが潜んでいる……」

鶴次郎の眼が僅かに光った。

「じゃあ、菊枝が酒に酔った女衒の喜十を不忍池に……」

「違いますかね」

岡野小五郎の草双紙では、女が女衒の義十に売られたと書かれていた。

義十と喜十……。

もし、義十が喜十なら、菊枝の素性と過去をよく知っている事になる。そして、喜十はそれを菊枝を強請る材料に使った。

金づる……。

女衒の喜十の金づるは、扇屋『玉泉堂』の女主人の菊枝なのだ。

「菊枝は金づるにされるのを嫌い、喜十を不忍池に突き落として殺した……」

倫太郎は困惑した面持ちで呟いた。

鶴次郎は頷いた。

「そして、それを知った谷中の紋蔵が、菊枝を脅しに掛かっている」

鶴次郎は、事態を読んで見せた。

お上に訴え出ると、喜十殺しは勿論、自分の素性と過去も露見してしまう。

菊枝は、お上に訴え出る事は出来ない。

紋蔵は菊枝の足元を見透かし、強請りを掛けているのだ。

喜十を殺めても事態は変わらなかった。いや、寧《むし》ろ悪くなったといった方がいいのかもしれない。菊枝は追い詰められ、岡野小五郎の墓の前で涙を零した。

「違いますかね……」

倫太郎は、菊枝の気持ちを読んでみせた。

「いいえ。あっしもそう思いますよ」

鶴次郎は手酌で酒を飲んだ。

岡野小五郎の草双紙に書かれている事が事実だとしたら、菊枝は苛酷《かこく》な人生を必死に生き抜いて来た。そして、ようやく大店を営むようになった。だが、今度はそれを狙う者が現れたのだ。

哀れな女だ……。

倫太郎は、同情せずにはいられなかった。

居酒屋『角や』は酒の匂いと笑い声に満ち溢れ、楽しげに時を刻んで行く。

酒は倫太郎の五臓に冷たく広がった。

三

行灯の灯りは、いつもより暗く思えた。

谷中の紋蔵の狙いは金だけではない……。

菊枝は敏感に察知していた。

金の次は、扇屋『玉泉堂』の主の座を狙っているのだ。

紋蔵の企みは、落とした扇子《せんす》を菊枝に差し出した時にすぐ分かった。

笑みを浮かべて声を荒立てず、かといって『玉泉堂』の屋号の入った女物の扇子を返しはしなかった。

紋蔵は、扇子に伸ばした菊枝の手を摑み、撫《な》ぜ廻しながら押し戻した。

喜十に続いて紋蔵の強請り……。

所詮《しょせん》、生まれながら運の悪い女なのだ。

菊枝は自分を嘲り笑った。運の悪さを笑うしかなかった。涙が頰を伝い、幾つも零れた。

玉泉堂を渡してなるものか……。

菊枝は涙を拭った。

行灯の灯りは小刻みに揺れた。

浪人に助けられた女は、やがて大店の隠居に身請けされた。

身請けされて苦界を抜け出した女は、名を松枝と変えて隠居と向島で暮らした。だが一年後、隠居は呆気なく病死し、松枝はようやく自由の身になった。

松枝は、貯めこんだ金で小間物の行商を始めた。自害しようとした時に助けてくれた浪人は、扇の上絵師を生業にしており、松枝に扇を売る事を勧めた。松枝の売る扇子は評判が良かった。浪人は松枝に店を持つ事を勧めた。松枝は浅草吾妻橋の袂に小さな扇屋の店を持った。

生まれて初めての自分の城……。

松枝は商売に精を出した。

浪人の作る扇は評判が良く、松枝の店は繁盛した。

松枝にとって店の繁盛は、辛《つら》く運の悪いこれまでの人生を癒《いや》してくれる唯一のものだった。

松枝は店を繁盛させる為に、手立てを選ばなかった。

金は勿論、女郎時代に培《つちか》った手練手管を惜しげもなく使った。同業者の蔑みや怨嗟《えんさ》の声など無視した。そして、大名や大身旗本家御用達の金看板を狙うまでになった。

岡野小五郎が書いた草双紙は、そこで終わっている。
最後はどう書くつもりだったのだ……。
倫太郎は思いを巡らせた。

下谷広小路の扇屋『玉泉堂』は、雑踏の中で静かに商売を続けていた。
倫太郎は見張りを続けた。
丁稚が町駕籠を呼んで来た。
菊枝が出掛ける……。
『玉泉堂』の者で駕籠に乗って出掛けるのは、主の菊枝しかいない。
倫太郎は見守った。
菊枝が裏口から現れ、お供も連れずに町駕籠に乗って出掛けた。
商売に行くのではない……。
倫太郎は、菊枝が一人で出掛けるのをそう読んだ。
菊枝を乗せた町駕籠は、下谷広小路を出て御成街道を神田川に向かった。
倫太郎は追った。

神田川沿いの道に出た町駕籠は両国に進んだ。そして、両国広小路を抜けて両国橋にあがった。

行き先は本所……。

倫太郎は、雑踏の中に町駕籠を追った。

菊枝の乗った町駕籠は、長さ九十六間の両国橋を渡って本所元町に入った。そして、竪川に架かる一つ目之橋を渡り、松井町にある六間堀沿いを進んだ。

何処に行くんだ……。

倫太郎は尾行を続けた。

町駕籠は、六間堀に架かる北の橋の袂に停まった。

駕籠から頭巾を被った菊枝が下り立った。

倫太郎は緊張した。

菊枝は町駕籠を待たせ、六間堀に架かる北の橋を渡って五間堀に向かった。倫太郎は尾行した。

五間堀沿いには萬徳山弥勒寺《みろくじ》がある。

頭巾を被った菊枝は、弥勒寺門前にある古い茶店に入った。

倫太郎は、何げない面持ちで続いて茶店に入り、縁台の端に腰掛けて茶を頼んだ。

菊枝は縁台の一方の端に腰掛け、茶を飲んでいた。

本所の茶店にわざわざ茶を飲みに来たのではない……。

倫太郎は、注意深く菊枝の様子を窺った。

茶店の老亭主が、倫太郎の許に茶を運んで来た。

「お待ちどおさま」

老亭主が、倫太郎に茶を置いて奥に戻ろうとした。

「おじさん……」

菊枝が老亭主を呼び止めた。

「何ですか」

「弥勒菩薩《みろくぼさつ》さまにお参りしたいのですが……」

菊枝は老亭主を見つめた。

老亭主は、眠たげに眼を細めて菊枝を見た。

「お願いできますか」

菊枝は老亭主を見つめたまま尋ねた。

「ついて来なせえ……」

老亭主は、菊枝を促して奥に入って行った。

菊枝は続いた。

弥勒菩薩……。

弥勒寺門前の茶店に弥勒菩薩があるなどと聞いた事がない。

妙だ……。

倫太郎の勘が囁いた。

老亭主は菊枝を奥の部屋に案内し、見張りをするかのように湯を沸かしている竈の前に腰掛けた。

奥の部屋の様子を窺いに行けない。

倫太郎は苛立ちを覚えた。

「父っつぁん、この店には弥勒菩薩があるのか」

倫太郎は尋ねた。

老亭主は眠たげな眼を一段と細め、倫太郎を一瞥した。

「そんなものはありゃあしねえ」

「だけど今……」

倫太郎は戸惑った。

「お客さんの聞き間違いだ」

老亭主は、倫太郎を拒否するように竈の火の様子を覗いた。

倫太郎に為す術《すべ》はなかった。


町駕籠は来た道を戻り、下谷広小路の扇屋『玉泉堂』に着いた。

菊枝は頭巾を外して町駕籠を降り、表の掃除をしていた丁稚に迎えられて店に入った。

倫太郎は再び見張りをし始めた。

あれから菊枝は、僅かな時を経て奥の部屋から出て来た。そして、何事もなかったかのように老亭主に声を掛けて茶店を後にし、北の橋の袂に待たせてあった町駕籠に乗った。

倫太郎の困惑は続いていた。

弥勒菩薩とは何なのか……。

それは本当の仏像を指すのではなく、何らかの符丁なのかもしれない。

それが分からない……。

倫太郎の困惑は焦りに変わった。


谷中天王寺の大屋根は月明かりに輝いていた。

面《めん》が割れているのが辛かった。

鶴次郎と半次は、谷中八軒町にある小料理屋を張り込んでいた。

小料理屋は谷中の紋蔵が妾にやらせている店だ。その日、紋蔵は鍋吉を連れて八軒町の小料理屋に戻った。

鶴次郎と半次は、紋蔵を尾行廻《つけまわ》してその行状《ぎょうじょう》を見届けた。

強請りにたかり……。

紋蔵は十手にものをいわせ、さまざまな店から小金を集めていた。

「まるで地廻りだ」

鶴次郎は怒りを込めて吐き棄てた。

「十手をひけらかすなんぞ、地廻りより質が悪いぜ」

半次は苦笑した。

小料理屋から客の笑い声があがった。

「どんな客が来ているのやら……」

鶴次郎は小料理屋を一瞥した。

「店に入れればいいんだがな」

どんな客が来ているのか分かれば、どんな店なのかも想像がつく。だが、紋蔵と鍋吉は、半次と鶴次郎を知っている。面が割れている以上、店に入るのは面倒なだけだ。

「今夜はもう動かねえだろう」

鶴次郎の腹の虫が鳴いた。

「引き上げるか……」

半次が同意した時、暗い道を二人の浪人がやって来た。

「半次……」

鶴次郎と半次は、思わず路地の暗がりに隠れた。二人の浪人は小料理屋の前に佇み、店内の様子を窺った。

客か……。

半次と鶴次郎は、二人の浪人を見守った。

二人の浪人は、冷笑を浮かべて鶴次郎と半次の潜む路地に向かって来た。鶴次郎と半次は、足音を忍ばせて素早く路地の奥に走った。二人の浪人は、路地の入口に潜んで小料理屋を見張り始めた。

半次と鶴次郎は、路地の奥から二人の浪人を見守った。

「野郎ども、紋蔵の店を見張り始めたぜ」

半次が囁いた。

「ああ。何者だ……」

鶴次郎は頷いた。

「さあて、何が起こるやら……」

半次と鶴次郎は、二人の浪人を見守った。

一刻が過ぎ、小料理屋から客が帰り始めた。

女将を務める紋蔵の妾が、遊び人や人足などの帰る客を見送った。

紋蔵の妾は、火入れ行灯を消して暖簾を仕舞った。

二人の浪人が動いた。

半次と鶴次郎も続いて動いた。

二人の浪人は小料理屋に忍び寄り、いきなり格子戸《こうしど》を開けて踏み込んだ。

店を片付けていた紋蔵の妾が驚き、悲鳴をあげようとした。だが、浪人の一人が素早く妾を当て落とした。手馴れた動きだった。

妾は気を失い、その場に崩れ落ちた。

「姐さん、どうかしましたかい」

下っ引の鍋吉が、奥にある居間から出て来た。

刹那、もう一人の浪人が、抜き打ちに鍋吉を斬った。

脇腹を斬られた鍋吉は、血を振りまきながら倒れた。

二人の浪人は、そのまま奥の居間に突進した。

居間にいた紋蔵は、長火鉢に掛かっていた鉄瓶を二人の浪人に投げつけた。熱湯は湯気をあげ、二人の浪人は思わず怯んだ。紋蔵はその隙を突き、雨戸を蹴破って庭に逃げた。二人の浪人は追った。紋蔵は足をもつれさせて倒れた。二人の浪人は紋蔵に迫り、刀を振りかざした。

「火事だ。人殺しだ。火事だぁ」

夜の八軒町に男たちの怒声が響いた。半次と鶴次郎の声だった。

二人の浪人は怯んだ。

半次と鶴次郎はなおも騒ぎ立て、隣り近所の者たちが集まって来た。

「退《ひ》け」

二人の浪人は身を翻し、暗闇に向かって走った。

物陰から現れた半次が追った。

隣り近所の者たちが、恐ろしげに小料理屋の店内を覗き込んだ。背後に鶴次郎がいた。

店の中には血が飛び散り、鍋吉と紋蔵の妾が倒れていた。

鶴次郎が出て行って鍋吉と妾を介抱《かいほう》するのは簡単だ。だが、どうして八軒町にいたのか辻《つじ》褄《つま》を合わせるのが面倒だし、張り込みも難しくなる。

紋蔵が戻って来て、店内の惨劇に呆然と立ち尽くした。


谷中から下谷に抜けた二人の浪人は、三味線堀に向かった。

半次は慎重に尾行した。

二人の浪人は何者なのか……。

そして、紋蔵を襲ったのは、恨みがあっての事なのか、それとも誰かに頼まれての所業なのか……。

半次は追った。

三味線堀を通り過ぎた二人の浪人は、神田川に架かる新シ橋を渡って両国広小路に進んだ。

そして、両国橋を渡って本所に入った。


日本橋青物町の居酒屋『角や』は、店仕舞《みせじまい》の刻限が近づいていた。

倫太郎が三本目の銚子を頼んだ時、鶴次郎が入って来た。

「遅くなりました」

「何かありましたか……」

倫太郎は、鶴次郎に漂う緊張感を感じ取った。

「谷中の紋蔵が、浪人どもに襲われましたよ」

鶴次郎の猪口に酒を注《つ》いでいた倫太郎の手が止まった。

「紋蔵が襲われた」

「ええ……」

鶴次郎は猪口の酒を飲み干した。

「で、紋蔵は」

「無事ですが、下っ引の鍋吉が脇腹を斬られましてね。どうなるか……」

鶴次郎は眉をひそめた。

「二人の浪人、何者ですか」

「半次が追いました。分かり次第、ここに来る手筈《てはず》です」

「そうですか……」

「谷中の紋蔵、地廻り顔負けのあくどさですからね。恨みなんぞは、売るほどかっているんですよ」

「そんなに酷いのですか……」

「ええ。それで、玉泉堂のお内儀さんはどうしました」

「それなんですがね。菊枝は今日、本所の弥勒寺門前の茶店に行きましてね」

「弥勒寺門前の茶店ですか……」

「ええ。それで茶店の父っつぁんに、弥勒菩薩を拝ましてくれと頼みましてね」

「茶店でですか」

鶴次郎は、倫太郎に怪訝な眼差しを向けた。

「ええ。妙だと思いませんか」

「弥勒寺の坊さんに頼むのならともかく、茶店の父っつぁんに頼むなんて妙ですよ」

鶴次郎は首を捻った。

「私も何かの符丁だと思うんですが……」

「いらっしゃい」

若い衆の威勢の良い声が飛び、半次が入って来た。

「突き止めたか」

「ああ……」

「何処の何者だった」

鶴次郎が身を乗り出した。

「それより、ま、一杯……」

　倫太郎は苦笑し、銚子を差し出した。

「こいつは畏れ入ります」

　半次は礼を述べ、倫太郎の酌を受けて飲んだ。

「二人の浪人、本所の弥勒寺の門前にある茶店に入ったぜ」

　倫太郎は驚いた。

「弥勒寺の茶店だと……」

　鶴次郎の声が驚きに裏返った。

「ああ」

　半次が怪訝に頷いた。

「倫太郎さん……」

「ええ。半次さんは紋蔵を襲った浪人どもとその茶店、どう見ます」

「弥勒寺界隈に金で人殺しを請け負う奴らがいると聞いた事があります。茶店と浪人どもは、そいつと関わりがあるのかも知れません」

　半次は厳しい眼差しで告げた。

「金で人殺しを請け負う……」

　倫太郎の脳裏に閃きが走った。

〝弥勒菩薩〟という言葉は、人殺しを頼みたい時の符丁なのだ。

菊枝は、人殺しの組織に紋蔵を殺してくれと頼んだ……。

倫太郎はそう睨み、半次に菊枝が弥勒寺門前の茶店に行った事を教えた。

「じゃあ、浪人どもに紋蔵殺しを頼んだのは玉泉堂の菊枝なんですか……」

半次は驚き、声をひそめた。

「きっと……」

倫太郎は頷いた。

紋蔵は、女衒の喜十を殺めた下手人が菊枝だという証拠を握っている。

強請られた菊枝は、金で人を殺す者たちに紋蔵の始末を頼んだ。だが、二人の浪人の紋蔵殺しは失敗した。

菊枝は追い詰められている……。

倫太郎は、追い詰められた菊枝を哀れまずにはいられなかった。

四

今ならまだやり直せる……。

自訴して何もかも告白すれば、強請られたという事実を酌量され、罪は軽くなるかもしれない。

倫太郎は、菊枝に喜十殺しの下手人として自訴するのを勧めたくなった。

半次は、白縫半兵衛に谷中の紋蔵が襲われた事、そして、弥勒寺門前の茶店と浪人の事を報せた。

半兵衛は、弥勒寺門前の茶店を調べるように命じた。だが、半次が駆けつけた時には、茶店はもぬけのからだった。

岡っ引の紋蔵の始末に失敗した茶店の老亭主たちは、万一の時に備えて闇に姿を隠したのだ。

「だが、姿を隠したとしても、紋蔵の命を狙い続けるだろうな」

半兵衛は苦笑した。

「はい。奴らは玄人です。金で請け負った以上は執念深く狙いますよ」

半次は頷いた。

「紋蔵には鶴次郎が張り付いているんだな」

「はい」

「万が一、人斬り浪人どもが紋蔵を襲っても、決して無理するなと念を押しておいてくれ」

半兵衛は、紋蔵を助けて人斬り浪人を捕えるより、鶴次郎の命の心配をした。


神田川の流れは日差しに煌めいていた。

下谷広小路から御成街道を来た菊枝は、荷物を抱えた丁稚を従えて神田川に架かる昌平橋を渡った。

昌平橋を渡ると、そこは大名や旗本の屋敷が甍《いらか》を連ねている駿河台だ。

菊枝は丁稚を従え、神田川に沿った淡路坂をあがった。

行く手に太田姫稲荷が見えてきた。

菊枝と丁稚は、太田姫稲荷の前を通り、稲荷小路を左に曲がった。そして、その先に扇屋『玉泉堂』の得意先である旗本三千石戸田《とだ》采女正《うねめのしょう》の屋敷があった。菊枝と丁稚は、門番に挨拶をして戸田屋敷に入って行った。

倫太郎は、菊枝が商売を終えて出てくるのを待った。

自訴を勧めるのは早い方がいい……。

倫太郎は迷った。

半刻が過ぎた。

菊枝と荷物を持った丁稚が、戸田屋敷から出て来て稲荷小路を戻った。

倫太郎は覚悟を決めた。

菊枝は、行く手に現れた倫太郎を怪訝に一瞥し、擦れ違おうとした。

「玉泉堂の菊枝さんですね」

倫太郎は声を掛けた。

菊枝は唐突な呼び掛けに立ち止まり、戸惑いと警戒を見せた。

「あの……」

「私は旗本の部屋住みで、戯作者を志す夏目倫太郎と申します」

「はい……」

菊枝は探るように倫太郎を見た。

「これをご存じですね」

倫太郎は、岡野小五郎が書いた草双紙を出して見せた。

菊枝は驚き、息を飲んだ。

「まさか……」

「岡野小五郎さんが書いた草双紙です」

「それが、何か……」

菊枝は微かに震えた。

「面白いので続きを書こうかと思いましてね」

倫太郎は微笑んだ。

「続きを……」

菊枝は驚いた。

「ええ……」

「定吉《さだきち》、先に帰っていなさい」

菊枝は丁稚に告げた。

「でも、お内儀さん……」

丁稚の定吉は倫太郎を睨みつけた。

そこには、主の身を心配する忠実な奉公人がいた。

「いいから先に……」

菊枝は厳しく命じた。

「はい」

定吉は不服気に返事をし、倫太郎を睨みつけて稲荷小路を去って行った。

「夏目さま……」

菊枝は僅かに身構えた。

「ここでは目立ちます……」

倫太郎は、菊枝を太田姫稲荷に誘った。


太田姫稲荷の境内には、神田川からの川風が静かに吹き抜けていた。

菊枝は、緊張した面持ちで倫太郎を見つめていた。

「菊枝さん、岡野さんが書いた草双紙に書かれた女、松枝はあなたですね」

「だとしたら、どうします」

菊枝は、倫太郎の視線から逃げなかった。

「この草双紙に出て来る浪人は岡野さんであり、女衒の義十は不忍池で死んだ喜十って事になりますか……」

倫太郎は微笑んだ。

「さあ……」

菊枝は、湧きあがる動揺に必死に耐えた。

「菊枝さん。昨夜、谷中の紋蔵って岡っ引が襲われましてね」

菊枝の眼が鋭く光った。

「下っ引が大怪我をしましたが、紋蔵はどうにか助かりました」

「助かった……」

菊枝は思わず洩らした。

「ええ。襲った浪人たちも逃げましたがね」

倫太郎は、菊枝を安心させるように笑った。

何もかも知っている……。

菊枝は、身体の芯が凍《い》てつくのを感じた。

「菊枝さん、子供の時から辛い苦労をしてきて、ようやく摑んだ幸せを守りたいのは分かります。ですが……」

「夏目さま……」

菊枝は遮った。

倫太郎は言葉を飲んだ。

「私は男に抱かれながらも、どうやって騙し、利用するかばかりを考えてきました。お女郎の時も身請けされてからも……」

川風が吹き抜け、菊枝の後《おく》れ毛《げ》が揺れた。

「岡野さまは、そんな私に地道な商いをしろと仰ってくれました。でも、私には……」

菊枝は遠くを見つめた。

「出来ませんでしたか……」

菊枝は淋しげに頷いた。

「岡野さんは、それで菊枝さんの今までを草双紙に書いたのですね」

「はい。偽りや手練手管の何もかも棄て、私を只の女に戻らせる為に……。ですが、岡野さまはお酒に酔われてこの神田川に落ちて……」

菊枝は、眼下に流れる神田川を見つめた。

流れは眩しく煌めいていた。

「喜十は、子供だった菊枝さんを甲州勝沼から連れて来た女衒なんですね」

「ええ。昔、女郎だった事を言い触らされたくなかったら金を出せと……」

「金づるにしようとしましたか……」

「はい。それで不忍池の畔に呼び出し、突き落としました」

菊枝は、女衒の喜十殺しを認めた。

「ですが、喜十は酒に酔って池に落ち、溺れ死んだとなっています」

倫太郎は、覚悟を決めた菊枝が哀れになった。

「谷中の紋蔵は、私が喜十を突き落として殺したと知りながら、お金欲しさに誤魔化したのです」

「証拠、あるんですか」

「紋蔵は、私が喜十を突き落とした時に落とした扇子を見つけています」

「扇子ですか……」

「はい。玉泉堂の屋号入りの女物の扇子。私の名も刻んであります」

確かな証拠はあった。だが、谷中の紋蔵が隠している限り、菊枝の喜十殺しの証拠にはならない。

「それで紋蔵は、黙っていて欲しければ金を出せと強請りを掛けて来たんですね」

「そして、俺の女になれと……」

「紋蔵が……」

倫太郎は、紋蔵の悪辣《あくらつ》さに怒りを覚えた。

「私は三人姉妹の真ん中だから売られて……。運が悪いんですよ。子供の時から……。ちょっと良い事があると思ったら、すぐに駄目になって、本当に運の悪い女なんですよね……」

菊枝は、己を嘲るような笑みを浮かべた。

「楽しいことなんか、なにもなかった……」

菊枝は一滴の涙も見せず、自分の運の悪さを嘲笑《あざわら》った。

倫太郎は、菊枝が淋しく哀しく、愛おしくさえ感じた。

風が吹き抜けた。

倫太郎は、菊枝に自訴を勧める事は出来なかった。


谷中八軒町の小料理屋は、浪人たちに襲われてから店を閉めていた。

鶴次郎は紋蔵の見張りを続けていた。


下っ引の鍋吉は、辛《かろ》うじて命をとりとめた。

谷中の紋蔵は、襲ってきた浪人たちが金で雇われた人斬りだと気付いた。

雇い主は誰だ……。

紋蔵は思いを巡らせた。

恨みは掃いて棄てるほど買っている。近いところでは、強請りを掛けた扇屋『玉泉堂』の菊枝も恨んでいるはずだ。

菊枝……。

紋蔵の脳裏に、菊枝の顔が大きく浮かんだ。

強請りを食い止める……。

菊枝には、恨みの他に強請りを食い止める目的もある。

「あの女……」

喜十を手に掛けた菊枝は、紋蔵に強請られた事実をお上に訴え出られない。自分と『玉泉堂』を護るには、金で人斬りを雇うしかないのだ。

紋蔵は、二人の浪人を雇ったのは菊枝だと確信した。

紋蔵は、菊枝に呼出し状を書いて土地の地廻りに届けるように頼んだ。

申の刻七つ半（午後五時）。

紋蔵は、小料理屋を出て下谷に向かった。

ようやく動いた……。

鶴次郎は尾行を始めた。

紋蔵は、上野寛永寺脇を抜け下谷広小路に出た。そして、行き交う人々の向こうに見える扇屋『玉泉堂』に嘲笑を浴びせ、浅草に向かった。

鶴次郎は追った。

話をつける時が来た……。

菊枝は、紋蔵からの結び文を握り潰した。

暮六つ。浅草花川戸の料亭『香月』……。

紋蔵は、菊枝を呼び出してきた。

菊枝は覚悟を決め、手紙を書き始めた。悔しさと哀しさがこみあげ、書き綴《つづ》る文字が震えて涙に滲んだ。


夕暮れ時が近づいた。

丁稚の定吉が町駕籠を呼んできた。

菊枝が出掛ける……。

倫太郎は緊張した。

扇屋『玉泉堂』から出て来た菊枝が、老番頭と定吉に見送られて出て来た。

菊枝は、振り返って『玉泉堂』を見上げた。

いつもと違う……。

倫太郎は戸惑った。

菊枝は、想いを振り切るように町駕籠に乗った。

駕籠舁が威勢良く駕籠を担ぎ、広小路の雑踏を御徒町に向かった。

倫太郎は続いた。

菊枝を乗せた町駕籠は、御徒町を抜けて進んだ。

行き先は浅草……。

倫太郎はそう睨んだ。

町駕籠は下谷七軒町を通り、新堀川を渡って浅草に入った。

浅草で何をするのだ……。

倫太郎は思いを巡らせた。

浅草広小路に出た町駕籠は、雷門前から花川戸に向かった。そして、隅田川沿いにある料亭『香月』の前に停まった。

菊枝は頭巾を被らずに町駕籠を降り、駕籠舁に酒手を渡して帰るように告げた。駕籠舁は礼を述べ、空駕籠を担いで下谷に戻って行った。

いつもなら駕籠は待たせておくはずだ……。

倫太郎は、菊枝のいつもとは違う様子が気になった。

菊枝は料亭『香月』に入った。

倫太郎は物陰から見送った。

背後に人の気配がした。

倫太郎は振り向いた。

そこには鶴次郎がいた。

「鶴次郎さん……」

「紋蔵が来ていますよ」

「じゃあ、紋蔵が菊枝さんを呼び出したのですか」

「きっと。さあて何が起こるか……」

倫太郎は緊張した。


隅田川からの風が座敷を吹き抜けていた。

手酌で酒を飲んでいた紋蔵は、厳しい眼差しで菊枝を見た。

菊枝は、案内してくれた仲居に礼を述べて座敷に入り、紋蔵の前に座った。

紋蔵は嘲笑を浮かべた。

「用ってのは何ですか……」

菊枝は紋蔵を睨み、切口上《きりこうじょう》に言い放った。

「慌てなさんな。ま、一杯やりな」

紋蔵は銚子を差し出した。

菊枝は猪口に酒を受け、挑むように一気に飲み干した。

紋蔵は不愉快げに眉をひそめた。

「さあ……」

菊枝は話を促した。

「約束の金、持って来たかい」

紋蔵の言葉に、菊枝は二つの切り餅を差し出した。

「五十両……」

紋蔵は、二つの切り餅に手を伸ばした。刹那、菊枝が切り餅を押さえた。

紋蔵が戸惑った。

「扇子、返して貰いましょうか……」

菊枝は、紋蔵の顔を見上げた。

紋蔵は苦笑し、懐から女物の扇子を出した。

菊枝と紋蔵は油断なく見合い、切り餅と扇子から互いに手を離した。そして、紋蔵は切り餅、菊枝は扇子を取った。

「これで、何もかもお仕舞ですね」

「そうはいかねえ……」

紋蔵は狡猾に笑った。

菊枝は、慌てて扇子を開いた。扇子は菊枝のものではなかった。

「騙したのですね……」

怒りは、菊枝に覚悟を決めさせた。

「遣手《やりて》だと聞いていたが、所詮は女だな」

紋蔵は侮《あなど》りを浮かべた。

「お内儀さん、人斬り浪人を寄越して無事にすむと思っているのかい」

紋蔵は凄んだ。

刹那、菊枝は帯の間から匕首を抜き、鋭く紋蔵に突き掛かった。

「危ねえ」

紋蔵は、咄嗟に身を投げ出して躱した。菊枝は構わず紋蔵に襲い掛かった。膳が飛び、皿や銚子が音を立てて割れた。

紋蔵は腕から血を流し、必死に転がって菊枝の匕首を躱した。菊枝は、無様に這《は》いずり逃げる紋蔵に追い縋り、匕首を振り上げた。次の瞬間、菊枝の匕首を握る手が掴まれた。

菊枝は驚き、振り返った。

　倫太郎が匕首を握る手を摑んでいた。

「放して、私こいつを殺す。殺すんだ」

　菊枝は髪を振り乱し、半狂乱で叫んだ。

「落ち着くんだ、菊枝さん」

　倫太郎は、なおも紋蔵に突き掛かろうとする菊枝の頬を平手打ちにした。甲高い音が鳴り響き、菊枝は呆然とその場に座り込んだ。

「大丈夫かい……」

　鶴次郎が紋蔵の腕の傷を診た。

「鶴次郎……」

　紋蔵は、倫太郎と鶴次郎の出現に戸惑った。

「掠《かす》り傷だ」

　鶴次郎は小さく笑った。

「この女《あま》ぁ」

　紋蔵が怒りに塗《まみ》れ、菊枝に摑み掛かった。

　倫太郎が素早く動いた。

　紋蔵の身体が宙に浮き、畳に激しく叩きつけられた。顔から落ちた紋蔵は、苦しげに呻《うめ》いた。倫太郎の関口流柔術の技だった。

鶴次郎が嘲笑し、紋蔵に捕り縄を打った。

「なにしやがる」

紋蔵は驚き慌てた。

「谷中の、お前さんが玉泉堂のお内儀さんを強請ったのは分かっているんだぜ」

「こ、この女が女衒の喜十を殺したんだ」

紋蔵は慌てて誤魔化そうとした。

「そいつは妙だな。女衒の喜十は酒に酔って不忍池に落ち、土左衛門になった。風間の旦那にそう報告したのはお前だ。そいつが、玉泉堂のお内儀を強請る為の嘘偽りなら無事にすまねえぜ」

鶴次郎は冷たく告げ、嘲笑った。

「畜生」

紋蔵は醜く抗った。

鶴次郎は、抗う紋蔵の頬を殴り飛ばした。

「面汚《つらよご》しが……」

鶴次郎は紋蔵に吐き棄てた。

「さあ、帰りましょう」

倫太郎は菊枝を促した。

菊枝は倫太郎の手を借りて立ち上がり、焦点の定まらない眼差しで座敷を出た。

隅田川から吹く風が菊枝の背を押した。


事件は終わった。

女衒の喜十の死はそのままであり、紋蔵はお上を誑《たぶら》かした罪で岡っ引の手札を取り上げられ、伝馬町の牢に繋がれた。

そして、菊枝は姿を消した。

扇屋『玉泉堂』を老番頭たち奉公人に任すという書置きを残し、誰にも気付かれず姿を消した。

故郷の甲州勝沼に帰ったのか、それとも誰一人知る者もいない土地で生まれ変わって暮らすのか……。

地本問屋の『鶴喜』から『世は無残、女情けの生き地獄』という外題の黄表紙が売り出された。

黄表紙には、一人の女が子供の頃に女衒に売られて女郎になり、懸命に生き抜いてのしあがるが、悪辣な女衒と岡っ引のせいで無残に消え去って行く姿が描かれていた。

悪辣な岡っ引が、谷中の紋蔵だと世間に知れるのに時は掛からない。

黄表紙『世は無残、女情けの生き地獄』の作者は、岡野小五郎と閻魔亭居候の二人の名になっていた。

倫太郎は外題のない草双紙を燃やし、菊枝の幸せを祈った。

第四話　密告する女

一

足音はしなかった。

障子が静かに開き、大久保忠左衛門が顔を覗かせた。

「倫太郎……」

忠左衛門は足音を忍ばせ、薄暗い倫太郎の部屋に入った。

倫太郎は蒲団を頭から被り、寝息を立てていた。

「倫太郎……」

忠左衛門は、眠り込んでいる倫太郎を揺り動かした。

倫太郎は眼を開け、忠左衛門の顔を見た。

「おのれ、唐傘の化け物」

倫太郎は弾《はじ》かれたように跳ね起き、忠左衛門の腕を捩《ね》じ上げて押さえつけた。

「寝惚けるな倫太郎。わしだ」

忠左衛門は、痛みに顔を歪ませてもがいた。

「えっ……」

倫太郎は戸惑い、忠左衛門の歪んだ顔を覗きこんだ。

「なんだ、伯父上ですか」

倫太郎はようやく目覚め、慌てて忠左衛門の手を離した。

「なにが唐傘の化け物だ。馬鹿者が……」

忠左衛門は捩じ上げられた腕を撫ぜ、威厳を取り戻そうと胸を張った。

「申し訳ございません。何分《なにぶん》にも足音に気付かなかったもので……」

倫太郎は素早く蒲団を片付け、忠左衛門の前に座り直した。

「それで何か……」

「うむ。それなのだが、実はな……」

忠左衛門は声をひそめた。

「はあ……」

倫太郎は身を乗り出した。

「わしを尾行ている者がいるのだ」

「伯父上を……」

倫太郎の寝起きの顔が緊張した。

忠左衛門は、北町奉行所の古くからの与力だ。本人に覚えはなくても、何処で恨みを買っているか分からない。

「うむ。奉行所への行き帰りにな」

忠左衛門は深刻な面持ちで頷いた。

「仕掛けてくる気配は」

倫太郎は襲撃を心配した。

「それはないと思うが……」

「油断はなりませんぞ」

「だが、若い娘だからな」

「若い娘……」

倫太郎は、思わず素《す》っ頓狂《とんきょう》な声をあげた。

「声が大きい」

忠左衛門は慌てて母屋を窺った。母屋には老妻の加代と娘の結衣がいる。

「伯母上や結衣には内緒ですか」

「無論だ」

忠左衛門は倫太郎を睨みつけた。

倫太郎は苦笑した。

「して、若い娘が何者か御存じなんですか」

「それが……」

忠左衛門は言葉を詰まらせ、俯いた。

「それが、どうしました」

倫太郎は話の続きを促した。

「ひょっとしたら、わしと関わりのある娘なのかも知れぬのだ」

忠左衛門は微かに頰を染めた。

「伯父上と関わりがあると申すと、まさか隠し子ですか」

倫太郎は驚いた。

「騒ぐでない、騒ぐでないぞ倫太郎」

忠左衛門は激しく狼狽した。

「はい。それで、伯父上に心当たりはあるんですか」

「う、うむ。加代の腹に結衣がいる時、少々な……」

忠左衛門は言葉を濁した。

結衣が生まれる前といえば、二十年も昔の事だ。忠左衛門は、加代が結衣を身籠《みごも》っている時、浮気をしたのだ。

「伯父上……」

倫太郎は、忠左衛門の思いがけない一面を知り、思わず笑った。

「笑うな、馬鹿者」

「はい。では、若い娘はその時の……」

「うむ……」

二十年前、忠左衛門は料亭の仲居と付き合った。そして、結衣が生まれた後、五十両の金を渡して別れたのだ。

「では、その時の仲居が子を……」

「左様。おまさは……」

「おまさ」

倫太郎は眉をひそめた。

「その仲居だ。おまさは納得し、わしと円満に別れた後、女の赤子を産んだと風の便りに聞いた」

　忠左衛門は苦しげに顔をしかめた。

「その時の子かもしれませんか……」

　倫太郎は吐息を洩らした。

「そこでだ倫太郎。その方、その娘の素性を調べてみてはくれぬか」

「父上、お父上……」

　結衣の探す声が聞こえた。

「よいな倫太郎、加代と結衣には内緒で、よろしく頼んだぞ」

　忠左衛門は慌てた。

「これは探索の費《つい》えだ。頼むぞ」

　忠左衛門は小判を一枚残し、慌ただしく倫太郎の部屋を出て行った。

「父上。また、倫太郎さんの部屋にいたのですか」

「うむ。叩き起こしてやった」

　忠左衛門と結衣のやり取りが聞こえ、遠ざかって行った。

「一両か……」

　倫太郎は小判を手に取り、嬉しげに笑った。

大久保忠左衛門の屋敷は、八丁堀といっても南茅場町《みなみかやばちょう》山王薬師堂近くにあり、外濠呉服橋御門内北町奉行所に近い。

辰の刻五つ半（午前九時）過ぎ。

忠左衛門は加代と結衣に見送られ、下男の太吉を従えて北町奉行所に向かった。

「伯母上、私も出掛けて来ます」

倫太郎が奥から走り出て来た。

「あら、朝ご飯も食べずに何処に行くのよ」

結衣は驚いた。

「う、うん。ちょいとな」

倫太郎は言葉を濁し、忠左衛門を追った。


痩せた忠左衛門と相撲取りあがりで大柄な太吉主従は、山王薬師堂前を楓川に向かっていた。

倫太郎は、忠左衛門を尾行する若い娘を探した。

若い娘が忠左衛門の睨みの通りならば、結衣より年下の十八、九歳のはずだ。だが、倫太郎の見た限り、忠左衛門を尾行する若い娘は見当たらなかった。

伯父上の只の思い過ごしならば、探索費の一両は丸儲けになる。

倫太郎はほくそ笑んだ。

忠左衛門は、太吉を従えて楓川に架かる海賊橋を渡って直進した。やがて日本橋通りになり、なおも進むと外濠呉服橋御門に出る。

倫太郎は追った。

忠左衛門は細い首の筋を伸ばし、前を睨み付けて厳しい面持ちで歩いている。

倫太郎は、その後ろ姿にいい知れぬ老いを感じた。

忠左衛門と太吉が日本橋通りに出た時、若い娘が現れた。

まさか……。

倫太郎は緊張した。

若い娘は忠左衛門の後を追った。

倫太郎は戸惑いながらも続いた。

忠左衛門は太吉を従え、外濠沿いの道に出て呉服橋に差し掛かった。若い娘は続いた。そして、忠左衛門が振り返った時、若い娘は素早く物陰に身を隠した。

忠左衛門は若い娘に気付かず、呉服橋御門を渡って行った。

若い娘は橋の袂で見送った。

伯父上を尾行する若い娘は本当にいた……。

倫太郎は思わず唸った。

忠左衛門を見送った若い娘は、外濠に続く日本橋川に架かる一石橋《いっこく》に向かった。肩を落とし、重い足取りだった。

倫太郎は若い娘の尾行を始めた。


一石橋を渡った若い娘は、外濠沿いを進んで鎌倉河岸に出た。そして、三河町二丁目の裏通りにある長屋の一軒に入って行った。

倫太郎は見届けた。

長屋は木戸口に小さな稲荷がある処からか、お稲荷長屋と呼ばれていた。

若い娘の名はおすず。お稲荷長屋で一人で暮らしていた。

四半刻が過ぎた頃、おすずはお稲荷長屋を出た。

木戸口に潜んでいた倫太郎が追った。

おすずは、神田川筋違御門前の八ツ小路にでた。そして、昌平橋を渡って神田明神境内にある茶店に入った。茶店はおすずの奉公先だった。

倫太郎は、物陰から働くおすずを窺った。

神田明神は大黒天、恵比寿天、平将門《たいらのまさかど》を祀《まつ》る江戸の総鎮守であり、江戸の人々の信仰を集めていた。

境内にはすでに参拝客が訪れ、拝殿に手を合わせていた。

おすずは、明るい笑顔で客の相手をしていた。

しばらくこのままだろう……。

倫太郎はそう判断し、詳しい素性を突き止めようと神田三河町二丁目に戻った。


お稲荷長屋の大家は首を捻った。

「おすずの母親ですか……」

「ええ。何て名前で、今どうしているのか分かりますか」

「さあ、長屋に引っ越して来たのは一昨年でしてね。その時から一人で、確かおっ母さんは何年か前に病で亡くなったと云っていましたよ」

「亡くなった……」

「ええ。それから名前は、聞いていませんねえ」

「聞いてないか……」

おすずの母親の名前がおまさなら、忠左衛門と関わりのあった料亭の仲居とも思われる。だが、大家はおすずの母親の名前を知らなかった。

「じゃあ、おすずの請け人は何処の誰ですか」

町や長屋に移り住むのには、身元保証人が必要だ。倫太郎は、請け人からおすずの素性に辿り着こうとした。

おすずの請け人は、下谷池之端の料亭『梅川』の主・仁左衛門《にざえもん》だった。

倫太郎は大家に礼を述べ、再び神田川を越えて下谷池之端に急いだ。

不忍池は煌めき、水鳥が遊んでいた。

料亭『梅川』は池之端仲町になかった。池之端はおろか不忍池の畔にもなかった。

料亭『梅川』はすでに潰れていた。

「潰れた……」

倫太郎は自身番の番人に尋ねた。

「ええ。去年、仁左衛門の旦那が首をくくりましてね。女将さんやお嬢さんたちもいなくなっちまって……」

自身番の番人は声をひそめた。

「どうして首をくくったんです」

「そいつがよく分からないんですが、噂じゃあ騙《かた》りに遭って身代をなくしたとか……」

「騙りで身代を……」

　おすずの請け人の料亭『梅川』の主・仁左衛門は首を吊って死に、一家はすでに離散していた。

　請け人からおすずの素性を辿る企《くわだ》ては、簡単に頓挫《とんざ》した。

　そう上手くはいかない……。

　倫太郎は苦笑し、神田明神の境内に戻った。


　昼下がりの神田明神には参拝客が行き交い、境内の茶店は賑わっていた。

　おすずは忙しく働いていた。

　倫太郎は斜向かいの茶店に陣取り、昼飯代わりの団子を食べて甘酒を啜った。

　半刻が過ぎ、境内の賑わいは落ち着いた。

　おすずが縁台を片付け始めた時、羽織を着た大店の若旦那風の男が店先を通り抜けた。おすずは若旦那風の男に気付き、茶店の主を気にしながら追った。

　倫太郎は続いた。

若旦那風の男とおすずは、人目を避けるように拝殿の裏に廻った。

逢引きか……。

倫太郎は二人の様子を窺った。

おすずと若旦那風の男は、深刻な面持ちで話し込んでいた。その様子は逢引きなどという甘いものではない。

若旦那風の男は懸命に何かを説明し、おすずは必死に説得しようとしている。倫太郎は、おすずと若旦那風の男に追い詰められている気配を感じた。

二人には何かある……。

倫太郎は、伯父・忠左衛門に頼まれた以上の興味を抱いた。

黄表紙になるか……。

倫太郎は、おすずと若旦那風の男を見守った。

おすずと若旦那風の男は、怯えたように辺りを気にして話を終えて別れた。

倫太郎は、若旦那風の男を追った。

若旦那風の男は、昌平橋を渡って神田川を越え、八ツ小路から柳原通りを両国に向かった。

倫太郎は慎重に尾行した。

若旦那風の男は、和泉《いずみ》橋の辺りから右手に曲がり、浜町に進んだ。そして、小伝馬町、通油町の通りを横切り、浜町河岸に入った。

浜町河岸には、大名・旗本の屋敷が甍を連ねていた。若旦那風の男は、警戒するように辺りを窺い、その中の一軒の旗本屋敷に素早く入った。

若旦那風の男と旗本屋敷は、何か関わりがあるのだ……。

倫太郎はそう睨み、出入りをしている酒屋の手代に金を握らせた。

屋敷の主は梶原主膳《かじわらしゅぜん》、元勘定吟味役の五百石取りの旗本だった。

申の刻七つ（午後四時）が近づいた。

倫太郎は梶原主膳の調べは明日に廻し、外濠呉服橋御門に急いだ。


申の刻七つ。町奉行所の与力・同心の帰宅時間だ。

倫太郎が北町奉行所に着いた時、すでに事務方の役人たちは帰宅を始めていた。

おすずは忠左衛門を尾行する為、北町奉行所に来ているのか……。

倫太郎は、北町奉行所の門前を見廻した。

おすずは物陰にいた。物陰から帰宅する役人たちの中に忠左衛門を探していた。

忠左衛門に何の用があるのだ……。

倫太郎はおすずを見守った。

大久保家の下男の太吉が、忠左衛門を迎えに来た。忠左衛門は、間もなく北町奉行所から退出してくる。

おすずは太吉を見覚えたらしく、緊張した面持ちになった。

僅かな刻が経《た》ち、忠左衛門が太吉を従えて出て来た。

おすずは物陰を出て、忠左衛門の後を追った。

呉服橋を渡った忠左衛門と太吉は、日本橋通りに向かった。日本橋通りを横切ってなおも進むと楓川になり、大久保屋敷のある八丁堀になる。

おすずは忠左衛門を追った。そして、時々駆け寄ろうとしては躊躇い、思い止《とど》まっていた。

倫太郎は見守った。

忠左衛門は太吉を従え、日本橋の高札場《こうさつば》の脇を通って楓川に向かった。

おすずは立ち止まった。そして、吐息を洩らし、去って行く忠左衛門を哀しげな眼差しで見送った。

日本橋通りには、夕方の賑わいが訪れ始めていた。

おすずは賑わいの中を日本橋を渡り、重い足取りで神田に向かった。

三河町のお稲荷長屋に帰る……。

倫太郎はそう判断し、日本橋の袂でおすずを見送った。

燭台の灯りは大きく揺れた。

「そうか、やはり尾行られていたか……」

忠左衛門は大きな吐息を洩らし、白髪眉を寄せた。

「はい。神田三河町二丁目にあるお稲荷長屋に住んでいるおすずという娘です」

倫太郎は分かった事を報告した。

「で、そのおすずは一人で暮らしているのか」

「はい。母親の名前は分かりませんが、すでに死んでおります」

「母親の名は分からぬか……」

「伯父上、おまさという女、池之端の料亭梅川で仲居をしていたのではありませんか」

忠左衛門が囲ったおまさが、料亭『梅川』の仲居だったら、おすずはその娘という事も考えられる。

「いや、違う。おまさは浅草駒形町の川清と申す料理屋の仲居だった」

忠左衛門は肩に力を込めた。

「ならば、おすずがおまさの娘だとは、まだいえませんね」

「そうか……」

忠左衛門は、安心したように肩の力を抜いた。

「ええ。それにしても、おすずが伯父上に用があるのは確かなようです。果たしてそいつが何か……」

倫太郎は眉をひそめた。

「うむ……」

忠左衛門は白髪頭で頷いた。

「それから伯父上、池之端の料亭梅川は騙りに遭って身代をなくし、主の仁左衛門が首を吊って潰れたそうですが、詳しく調べて戴けませんか」

「おすずとその騙り、関わりあるのか……」

忠左衛門は白髪眉をひそめた。

「あるかもしれません」

「分かった。明日にでも調べてみよう」

「お願いします」

「倫太郎さん」

結衣の声が聞こえた。

「何処にいるの、倫太郎さん。鶴次郎さんがおみえですよ」

結衣が倫太郎を探している。

「では、伯父上」

「うむ。倫太郎、この事、加代と結衣には決して洩らすな」

「心得ております」

「さっ、結衣に気付かれぬうちに行け。さっさと行け」

忠左衛門は倫太郎を追い出し、障子を素早く閉めた。

「倫太郎さん」

結衣の倫太郎を探す声が続いた。

「もう、若い娘の癖にはしたない」

忠左衛門は怯え、苛立った。


日本橋青物町にある居酒屋『角や』は、客の楽しげな笑い声が溢れていた。

倫太郎と鶴次郎は、若い衆の威勢の良い声に迎えられた。

「ほう、伯父上さまの御用ですか……」

その夜、鶴次郎と倫太郎は酒を飲む約束をしていた。

「ええ。それで鶴次郎さん、一つ頼みがあるのですが」

倫太郎と鶴次郎は、各々手酌で酒を飲み始めた。

「なんですか……」

「浜町河岸に梶原主膳という旗本がいるんですがね。どんな奴かちょいと調べて欲しいのです」

「梶原主膳って旗本ですか」

「ええ。お願い出来ますか」

「そいつも、大久保さまの御用に関わりがあるのですか」

「今のところ、あるかどうかは分かりません」

「そうですか、分かりました。梶原主膳、調べてみましょう」

鶴次郎は頷いた。

「そうですか、助かります」

「いいえ……」

鶴次郎は笑った。

騙りに遭って潰れた料亭『梅川』は忠左衛門、旗本の梶原主膳を鶴次郎にそれぞれ調べて貰えば、倫太郎はおすずに専念出来る。

おすずは、伯父大久保忠左衛門の隠し子なのか……。

倫太郎は、謹厳実直、質実剛健を旨にして生きている伯父の隠された一面に苦笑した。

「ところで鶴次郎さん、黄表紙になるような面白い事件、何かありましたか……」

「いやあ、黄表紙になるほどのものは……」

居酒屋『角や』には笑いが飛び交い、夜は更けていった。

二

翌朝、倫太郎は忠左衛門を追った。

おすずが日本橋の通りに現れ、北町奉行所に向かう忠左衛門を縋るように見つめた。

その眼差しには、何事かを訴えたい想いが籠められている……。

倫太郎にはそう見えた。

おすずは、日本橋の通りを横切って行く忠左衛門を見送り、悄然《しょうぜん》と肩を落として日本橋に向かった。

倫太郎はおすずを追った。

おすずは、何事かを忠左衛門に訴えたく想いながら躊躇い続けている。

毎朝、毎夕……。

だが、おすずは迷い、躊躇い、訴え出られずにいるのだ。

おすずは、忠左衛門を父と呼び、自分は娘だと訴えたいのか……。

それとも、何か他の事を訴えたいのか……。

倫太郎は、悄然と行くおすずの後ろ姿を見つめた。


忠左衛門は茶を啜った。

「して大久保さま、御用とは……」

古参の定町廻り同心・桜井孫右衛門《さくらいまごえもん》は、湯呑茶碗を手にしたまま忠左衛門の顔を覗き込んだ。五十歳近い孫右衛門の顔は、農夫のように日に焼けていた。

「うむ。孫右衛門、おぬし池之端に梅川と申す料理屋があったのを存じておるか」

「ああ。確か去年、主が首を吊って潰れた店ですな」

「存じているか……」

「梅川、どうかしましたか」

「主の首吊り、騙りに遭い、身代を奪われたのを嘆いてと聞いたが……」

「大久保さま、そいつは根も葉もない噂にございます」

「ええ。梅川の主の仁左衛門は、博奕《ばくち》にうつつを抜かして負けが込み、そいつを取り戻そうと米相場に手を出しましてな。反対した若旦那を勘当までして……」

「反対した倅《せがれ》を勘当したのか……」

「はい。ですが、料理屋の親父が米相場に手を出すなんて以ての外。結局は身代の何もかもを失い、丸裸にされて首吊りに追い込まれたんですよ。はい」

孫右衛門は音を立てて茶を啜った。

「その米相場に騙り者は絡んでいないのか」

「さあ、いないと思いますがね……」

孫右衛門は首を捻った。

「そうか。それで梅川は潰れ、一家は離散か」

「何もかも仁左衛門のせい、哀れなのは女房子供ですよ」

「それで、勘当された倅はどうした」

「さあ、勘当されたまま行方知れずですか」

「名前は……」

「さあ、そこまでは……」

「噂……」

孫右衛門は首を捻った。

料亭『梅川』の主が首吊りをして店が潰れたのは、米相場での失敗が原因であり、騙りに遭ったというのは噂に過ぎない。

忠左衛門は、孫右衛門の言葉に頷いた。


浜町河岸には、堀を行く荷船の櫓の音が長閑《のどか》に響いていた。

旗本五百石・梶原主膳は無役だが、三年前までは勘定吟味役を務めていた。

鶴次郎は、梶原の評判を聞き集めた。

梶原主膳は、怜悧で金への執着が強いと専らの評判だった。

鶴次郎は屋敷を見張り、梶原家の家来・奉公人の様子から家風を窺おうとした。

梶原屋敷は表門を閉め、屋敷の者は潜り戸から出入りをしている。

鶴次郎は、梶原屋敷の表門が見通せる処に潜み、見張り始めた。


神田明神は参拝客で賑わい、おすずは茶店で忙しく働いていた。

おすずは、常連と思われる客と言葉を交わし、不審なところはなかった。

倫太郎は見守った。

このままでは埒《らち》が明かない……。

倫太郎は微かな苛立ちを覚えた。そして、客の途切れた茶店に思い切って入った。

「いらっしゃいませ」

おすずは明るく倫太郎を迎えた。

倫太郎は、縁台に腰掛けて茶を頼んだ。

僅かな時が過ぎ、おすずが茶を運んで来た。

「おまたせしました」

「うん……」

倫太郎は、おすずの顔を見上げて驚いたように眼を見開いた。

「なにか……」

おすずは、怪訝に倫太郎を見返した。

「そなた、ひょっとしたらおまささんの娘ではないのか」

「お客さん……」

おすずは戸惑いを浮かべた。

「うん。浅草駒形の川清って料理屋の遠縁の者でな。子供の頃、よく遊びに行き、おまささんと申す仲居に世話になったものだ。そなた、そのおまささんと申す仲居によく似ている……」

倫太郎は懐かしげに眼を細めた。

「そうでしたか……」

おすずは微笑んだ。

「お客さんの思った通り、私はおまさの娘です」

倫太郎の下手な芝居は、どうにか通用したようだ。

おすずは、忠左衛門が心配した通り、おまさの娘だった。

「やっぱりそうか。私は夏目倫太郎だ」

「おすずです……」

おすずは苦笑した。

「どうした」

芝居が見破られたか……。

倫太郎は緊張した。

「私、おっ母さんに似ていると云われたの、初めてなんです。そんなに似ていますか」

「う、うん。私にはよく似ているように思えるが……」

倫太郎は誤魔化した。

「ところでおすずさん、おまささんは達者にしているのか」

「いいえ、おっ母さんは四年前、私が十五の時に……」

おすずが淋しげに眼を伏せた。

「亡くなったのか」

「流行病《はやりやまい》で呆気なく……」

「そうか……」

倫太郎は沈痛に眉をひそめた。

「お父っつぁんはどうした」

倫太郎は本題に斬り込んだ。

「私、お父っあん、いないんです」

「いない」

「いいえ。いないというより知らないんです」

「知らない……」

「ええ……」

おすずは頷いた。

「そうか……」

近づいたばかりだ……。

倫太郎は深入りは避けた。

「だったらおすずさん。昔、おまささんに世話になったお返しだ。私でよければ、困った時には相談に乗るぞ」

倫太郎は微笑んだ。

「ありがとうございます、夏目さま」

おすずは嬉しげに頷いた。

「お邪魔をしますよ」

参拝を終えた老夫婦が、茶店に入って来た。

「いらっしゃいませ」

おすずが弾んだ声で迎えた。

「じゃあ夏目さま……」

「うん」

おすずは老夫婦の許に行った。

上手くいった……。

倫太郎は生温《なまぬる》くなった茶を飲み、密かに吐息を洩らした。

おすずが、忠左衛門が囲ったおまさの娘なのは確かだ。だからといって忠左衛門の娘だと決まったわけではない。

四年前、おすずが十五歳の時、母親のおまさは流行病で死んでいた。となると、おすずは今、十九歳になる。忠左衛門は、妻の加代が結衣を身籠っている間におまさを囲った。おすずの年齢は、その時におまさが宿した子供だと証明している。

おすずは、やはり忠左衛門の娘なのだろうか……。

もしそうだとしたら、結衣とおすずは一歳違いの姉妹になる。

倫太郎はおすずが奥に入っている時、茶代を置いて茶店を出た。


出し汁が薄い……。

鶴次郎は、そう思いながら蕎麦を啜った。

老夫婦が営む古い蕎麦屋に客は鶴次郎しかいなかった。

梶原屋敷に変わった動きはなく、夕暮れが近づいていた。

鶴次郎は、古い蕎麦屋から梶原屋敷を見張り続けた。

西の刻暮六つ（午後六時）。

梶原屋敷の表門が開き、中間の担いだ武家駕籠が二人の家来と羽織を来た若い町人を従えて出て来た。

武家駕籠に乗っているのは梶原主膳……。

鶴次郎の勘が囁いた。

武家駕籠の一行は浜町河岸を北に向かった。

「ご馳走《ちそう》さん。邪魔したね」

鶴次郎は蕎麦代を置き、武家駕籠の一行を足早に追った。


「ううむ……」

忠左衛門は、白髪頭を抱えて唸った。

倫太郎は、零れる笑いを必死に抑えた。

「おすずはやはりおまさの子だったか……」

忠左衛門は声を絞り出した。

「はい。おまささんは、伯父上と別れてから潰れた梅川の仲居になったようです」

「間違いないな、倫太郎」

忠左衛門は、倫太郎に縋る眼差しを向けた。

「はい。間違いございません」

倫太郎は深刻な面持ちで頷いた。

「そうか……」

忠左衛門は、大きな吐息を洩らして項垂れた。

「それから伯父上、おまささんは四年前に流行病で亡くなったそうにございます」

「おまさが……」

「はい」

「おまさが死んでいたか……」

忠左衛門は筋張った首を伸ばし、視線を宙に泳がせた。その視線の先には、おまさと髪と眉毛の黒い己がいるのかも知れない。

「伯父上……」

忠左衛門は我に返った。

「倫太郎、それでおすずはわしを父と呼びたくて、尾行しているのか」

「きっとそうだと思いますが、他にも何かあるような気がします」

倫太郎は正直に告げた。

「他にも……」

忠左衛門は白髪眉をひそめた。

「はい」

「というと何か、倫太郎。おすずは何か事件に関わっていると申すか……」

「かもしれません」

倫太郎は頷いた。

「調べろ。おすずがどんな目に遭っているのか。調べろ、倫太郎。急ぎ調べろ」

忠左衛門は取り乱した。そこには、娘を心配する父親がいるだけだった。

「落ち着いて下さい、伯父上。伯母上や結衣に知れたら大変です」

倫太郎は、慌てて忠左衛門を落ち着かせた。

「それより伯父上、料亭梅川の一件、何か分かりましたか」

「う、うむ。それなのだが……」

忠左衛門は、料亭『梅川』の主の仁左衛門が、米相場に手を出して身代を失った事を倫太郎に告げた。

米相場……。

経済の基本は米であり、諸国の米は大坂堂島の蔵屋敷に集められ、一枚十石とされる米切手によって売り買いされていた。天候に収穫を左右される米は、先物取引商品として扱われていた。そして、そこには詐欺や横領などの犯罪が横行した。

料亭『梅川』の主・仁左衛門は、米相場に手を出して身代を失い、首を吊って死んだ。

倫太郎は、仁左衛門の死に胡散臭さと危うさを感じた。


夜の柳原通りを行き交う人は少なかった。

梶原主膳の乗った武家駕籠の一行は、神田川を渡って御成街道を下谷広小路に向かった。

鶴次郎は慎重に尾行した。

不忍池は月明かりに煌めいていた。

武家駕籠は池之端仲町に入り、料亭『松葉屋』の門を潜った。

羽織を着た若い町人が、『松葉屋』に先触れをした。女将と仲居たちが迎えに出て来た。

武家駕籠を降りた梶原は、家来たちを従えて『松葉屋』にあがった。

梶原は誰と逢うのだ……。

鶴次郎はそれが知りたくなった。だが、料亭『松葉屋』に知り合いはいないし、忍び込むわけにもいかない。

鶴次郎は思いを巡らせた。

下足番の老爺が、火入れ行灯の様子を見に出て来た。

これしかない……。

鶴次郎は、小粒を用意しながら老爺に駆け寄った。

「なんだ、お前さん……」

老爺は胡散臭げに鶴次郎を見た。

「父っつぁん、ちょいと訊きたい事があるんだがな」

鶴次郎は、老爺に小粒を握らせた。

「冗談じゃあねえ」

老爺は小粒を押し返した。

鶴次郎は苦笑し、素早く小粒を増やした。

「そうこなくっちゃあ……」

老爺は歯のない口元をほころばせ、小粒を袂に入れた。

「で、若いの、何を知りたい」

「旗本の梶原主膳さま、誰と逢っているんだい」

「ああ。梶原の殿さまなら、室町の呉服屋菱屋の旦那と逢っているぜ」

室町の呉服屋『菱屋』といえば、江戸でも名の知れた大店だ。

「へえ。旗本の殿さまと大店の旦那か……」

「ああ……」

「話が合うのかな」

「そりゃあもう、金儲けに侍も町人もねえさ」

「金儲け……」

倫太郎は戸惑った。

「ああ。米相場らしいぜ」

「米相場……」

梶原と呉服屋『菱屋』の旦那は、米相場で金を儲けようとしている。

「金持ちってのは、どこまでも欲が深いもんだ」

老爺は嘲笑った。

「まったくだ」

鶴次郎は調子を合わせた。

「それで、あの町方の若い野郎は何なんだい」

「ああ。あいつは安吉《やすきち》っていってな。梶原の殿さまの使い走りをしている野郎だ」

「安吉……」

「茂平さん。何処だい茂平さん、お客さまのお帰りですよ」

女将の声が響いた。

「こいつはいけねえ。じゃあな……」

下足番の老爺は、慌てて『松葉屋』に戻って行った。

これまでだ……。

鶴次郎は踵を返した。


親方と若い衆で営まれる居酒屋『角や』は、安くて美味いと評判であり、職人やお店者たちで賑わっている。

「米相場ですか……」

倫太郎は緊張した。

「ええ。梶原主膳の殿さま、室町の菱屋って呉服屋の旦那と組んで米相場で一儲けしようって魂胆だそうです。旗本もいろいろやるもんですね」

鶴次郎は呆れ顔で酒を飲んだ。

米相場……。

料亭『梅川』の仁左衛門も米相場に手を出していた。そして、仁左衛門には騙りに遭って身代を奪われ、首を吊ったとの噂がある。

旗本・梶原主膳と米相場……。

倫太郎は危険なものを感じた。

「鶴次郎さん、梶原の屋敷には町方の若い男がいる筈ですが、見かけましたか」

「ああ。安吉ですか」

「安吉っていうんですか」

「ええ。梶原の使い走りをしているそうでしてね。きっと菱屋の旦那との間に立っているんでしょう」

おすずと親しい若旦那風の男の名は安吉、梶原主膳の指示で動いている男だった。

おすずと安吉はどんな関わりがあるのだ。

倫太郎は気になった。

客たちの楽しげな笑いが響いた。

倫太郎は手酌で酒を飲んだ。

「倫太郎さん。梶原の米相場、何か裏があるような気がしますよ」

鶴次郎の眼に鋭さが走った。

「鶴次郎さんもそう思いますか」

倫太郎は身を乗り出した。

「ええ。いくら最近の旗本が手広く金を稼ぐといっても米相場までとはね。どうです、もう少しいろいろ調べてみましょうか」

「助かります」

倫太郎は頭を下げた。

「いずれにしろ米相場ですね」

鶴次郎は眉をひそめ、手酌で酒を飲んだ。

「ええ……」

倫太郎は頷いた。


日本橋は多くの人が行き交っていた。

倫太郎はおすずを探した。

おすずは高札場の近くに佇み、日本橋通りを横切って行く忠左衛門を見つめていた。

倫太郎はおすずに近づいた。

おすずは、忠左衛門に駆け寄るかどうか迷い躊躇った。

忠左衛門は、下男の太吉を従えて外濠に向かって去って行く。

おすずは追った。だが、すぐに立ち止まった。

出来ない……。

おすずは、泣きたい思いに駆られた。

「おすずさんじゃあないか……」

倫太郎は、立ち尽くすおすずに声を掛けた。

おすずは驚き、振り返った。

倫太郎がいた。

「夏目さま……」

「こんな処で何をしているんだ」

倫太郎は微笑んだ。

三

外濠の水面には小波が走っていた。

おすずは堀端に佇み、哀しげに水面を見つめた。

「何か困ったことでもあるのか……」

倫太郎は優しく尋ねた。

「夏目さま……」

「何か役に立つかもしれぬ。よかったら相談に乗るぞ」

「夏目さま、私の知り合いが騙りの一味の仲間になり、その証拠を摑もうとしているのです」

倫太郎は虚を突かれた。

おすずは、思いも掛けない事を云い出した。

「騙りの一味の証拠……」

「はい。そして、その事を信用出来る町奉行所のお役人に密告してくれと云ってるんです」

おすずの知り合いとは、梶原主膳の使い走りをしている安吉なのだ。

「だが、そんな真似をしたら知り合いの命も危ないし、ひょっとしたら一味として捕えられてしまうぞ」

「それは覚悟の上なんです」

おすずは哀しげに顔を歪めた。

「覚悟の上……何故そこまでするのだ」

倫太郎は問い質《ただ》した。

「敵討ちです」

「敵討ちだと……」

「はい。去年、その人のお父っつぁんが一味の騙りに遭って身代を取られ、首吊りに追い込まれた敵討ちなんです」

倫太郎は気がついた。

安吉は、料亭『梅川』の勘当された若旦那なのだ。そして今、父親・仁左衛門の恨みをはらそうとしている。

「だが去年の話なら、知り合いの顔、騙りの一味に分かってしまうんじゃあないのか」

「旦那さまが騙りに遭った時、その人は勘当されて家にいなかったんです」

梶原主膳が、料亭『梅川』の主・仁左衛門に近づいた時、安吉はすでに勘当されていて顔は知られなかった。そして、安吉は我が身を犠牲にしてでも、梶原主膳の騙りの証拠を摑もうとしているのだ。

「おすずさん、密告する相手の役人、本当に信用出来るのか」

「はい。大久保忠左衛門さまと仰る北町奉行所の与力さまでして、私の死んだ母と関わりがあり、とっても優しくて良い方だと……」

「亡くなったおっ母さんがそう云っていたのか」

「はい。だから私、大久保さまに密告しようと……でも、そうしたら知り合いも騙りの一味として捕まって咎人《とがにん》になって、どんなお仕置を受けるかと思うと……」

「なかなか密告出来ないか……」

「はい……」

おすずの眼から涙が零れた。

倫太郎は、おすずが忠左衛門を尾行した理由を知った。

「ところでおすずさん……」

「はい」

「おすずさんのお父っつぁんは、今どうしているんだ。本当に知らないのかい」

「それは……」

おすずは、困惑を浮かべて言葉を濁した。

「話せぬか……」

「出来るものなら……」

おすずは、哀しげな面持ちで頷いた。

「そうか……」

深追いは禁物だ。

「分かった。私もおすずさんの知り合いが咎人にならず、騙り者たちに恨みを晴らせる良い手立てがないか考えてみる」

「お願いします」

おすずは、縋る眼差しで頭を深々と下げた。

外濠に風が吹き抜け、水面に次々と小波が走った。


日本橋室町呉服屋『菱屋』は、日避け暖簾を張った大店で客が絶えなかった。

鶴次郎は、『菱屋』の主・伝兵衛《でんべえ》の人となりと実情を調べた。

主の伝兵衛は『菱屋』の三代目であり、若い頃は絵に描いたような若旦那で商人としての才は余りないようだった。当然の如く、父祖の築いた身代は傾き始め、伝兵衛は建て直しに焦っていた。

付け込まれる隙だらけだ……。

鶴次郎は苦笑した。

旗本の梶原主膳が、そんな伝兵衛と組んで米相場に手を出す狙いは何なのだ。

鶴次郎の結論はすぐに出た。

梶原主膳の狙いは、『菱屋』の身代なのかも知れない……。

呉服屋『菱屋』には不吉な影が迫っている。

鶴次郎はそう思った。

日本橋の通りを安吉がやって来た。

鶴次郎は、物陰に隠れて見守った。

安吉は足早に『菱屋』に入って行った。

梶原の使いで来たのか……。

鶴次郎は、安吉が出て来るのを待った。

僅かな時が過ぎ、安吉が伝兵衛に見送られて出て来た。安吉は伝兵衛と言葉を交わし、深々と頭を下げて日本橋の通りを神田に向かった。

鶴次郎は追った。


おすずは働いた。

茶店の掃除をして客の相手をし、忙しく働き廻った。身体を動かして働いていれば、安吉や心配事を忘れられた。

倫太郎は物陰から見守った。

安吉に累を及ぼさないようにして、梶原主膳を騙り者として捕えさせて仕置させる。

それが、おすずの願いなのだ。だが、梶原が旗本である限り、町奉行所の支配は及ばずお縄にして裁きも仕置も出来ないのだ。旗本や御家人の監察取締まりをするのは目付であり、裁いて仕置するのは評定所なのだ。忠左衛門が、死んだ母親が信用していた優しい男であっても、町奉行所の与力には旗本を捕える事は出来ないのだ。

おすずは明るく振る舞い、懸命に働いている。

夕方まで動きはない……。

倫太郎はそう睨み、浜町の梶原屋敷に行くことにして神田明神を後にした。


神田川の流れは長閑だった。

安吉は八ツ小路を抜け、神田川に架かる昌平橋を渡った。

鶴次郎は慎重に尾行した。

安吉は神田明神に向かっている……。

鶴次郎がそう思った時、背後から若い人足が駆け抜けた。

刹那、鶴次郎は背筋に寒気を感じた。

若い人足は匕首を抜き、安吉に猛然と襲い掛かってきた。

「危ない」

鶴次郎は咄嗟に叫んだ。

安吉は振り返り、転がるようにして若い人足の匕首を躱した。

若い人足は、なおも安吉に匕首で突き掛かった。安吉は必死に躱したが、腕から血が飛んだ。

「やめろ」

鶴次郎は駆け寄り、若い人足に飛び掛かった。

「邪魔するな」

若い人足の匕首が鶴次郎に一閃《いっせん》された。

鶴次郎は、仰《の》け反《ぞ》って辛うじて躱した。安吉は跳ね起き、傷付いた腕を押さえて逃げた。

だが、若い人足が追い縋り、匕首を閃かせた。安吉の肩口に血が滲んだ。

鶴次郎は焦った。

行き交う人々が悲鳴をあげて逃げ惑い、恐怖に立ち竦《すく》んだ。

安吉は半狂乱で逃げ、若い人足は物《もの》の怪《け》に取り憑《つ》かれたように迫った。次の瞬間、若い人足の身体が、宙に舞って激しく叩きつけられた。

倫太郎が、安吉を庇って立っていた。

「助かった」

鶴次郎は思わず呟いた。

倫太郎が、若い人足に関口流柔術の投げを放ったのだ。

鶴次郎は、激しく叩きつけられた若い人足に駆け寄った。

「そいつは騙り者だ。俺の親父を騙して金を盗《と》った騙り者だ」

若い人足は泣き叫んだ。

倫太郎と鶴次郎は思わず安吉を見た。

安吉は驚き、呆然とした面持ちで立ち竦んでいた。

「そいつのお蔭《かげ》で俺の親父は大川に身を投げたんだ。そいつは騙り者の人殺しなんだ」

若い人足は必死に叫び、安吉に恨みを晴らせぬ無念さに泣いた。

若い人足は、安吉と同じ立場にいる者だった。

安吉は立ち尽くしていた。

倫太郎と鶴次郎は、安吉と若い人足に哀れみを覚えずにはいられなかった。

「退いた、退いた」

二人の男が、野次馬をかき分けて駆け付けて来た。

「あれ、鶴次郎さんじゃあないですかい」

駆け付けて来た二人の男は、岡っ引・柳橋の弥平次の下っ引の幸吉と手先の勇次《ゆうじ》だった。

「おお。幸吉っつぁんと勇次か、こいつは助かった」

鶴次郎と倫太郎は、安吉と若い人足を柳橋の船宿『笹舟』に連れて行く事にした。

柳橋の船宿『笹舟』は、岡っ引の弥平次と女房おまきが営む店だった。

鶴次郎と倫太郎は、事の経緯を弥平次と幸吉に話し、若い人足を納屋に繋いで貰った。

若い人足の名前は清助《せいすけ》。主が米相場に失敗して大川に身投げして潰れた油屋の息子だった。

身投げした油屋の主と梶原主膳の間を取り持ったのが安吉だった。

詳しいからくりを知らない清助の恨みは、間を取り持った安吉に向けられたのだ。


安吉の腕と肩の傷は浅かった。

手当てを終えた安吉は、固い面持ちで黙りこくっていた。

「安吉、どうして清助に命を狙われたのか分かっているな」

倫太郎は安吉と向き合った。

「はい……」

安吉は頷いた。

「で、どうする。清助を町奉行所に突き出すか……」

「いいえ」

安吉は首を横に振った。

「突き出さなくていいのか」

「はい。放免してやって下さい」

安吉は、清助が自分と同じ立場にいるのに激しい衝撃を受けていた。

「そうすると、また襲われるかも知れないが、それでもいいのか」

「はい……」

安吉は、己の身を棄てる覚悟を決めている。

倫太郎と鶴次郎は、安吉の覚悟を知った。

「鶴次郎さん……」

倫太郎は、鶴次郎の意見を求めた。

「いいんじゃあないですか」

鶴次郎は頷いた。

「安吉、その代わり、お前自身ではっきり白黒をつけるんだな」

倫太郎は、言外に自訴を勧めた。

これ以上、おすずに負担を掛けてはならない。

「はい……」

安吉は、倫太郎を見据えて頷いた。

倫太郎と鶴次郎は、安吉と清助を町奉行所に送らず帰す事にした。

安吉は、倫太郎と鶴次郎に深々と頭を下げて立ち去った。

「安吉はお前を訴えないそうだ」

清助は驚いた。

「どうして……」

「安吉もお前と同じ境遇だそうだ」

清助は言葉を失い、重い足取りで帰って行った。

柳橋の弥平次は、手先の雲海坊に安吉を見張らせ、清助にしゃぼん玉売りの由松を張り付けた。

「しばらく二人の様子を見ましょう」

倫太郎と鶴次郎は、弥平次に礼を述べた。

「なあに、二人ともそれぞれのやり方で恨みを晴らそうとしている気の毒な若い者です。これ以上、犠牲者をださないよう、黒幕の梶原主膳をどうにかするのが一番ですよ」

弥平次は微笑んだ。

倫太郎は、事の次第を忠左衛門に報せた。

忠左衛門は、おすずの一件が思いも寄らぬ方に展開していたのを知り、驚き激しくうろたえた。

「米相場で騙りを働いていた……」

忠左衛門は呆然と呟いた。

「はい」

倫太郎は頷いた。

「間違いないな、倫太郎」

「間違いありません」

「梶原主膳さまは元勘定吟味役、米相場は詳しいのであろうな」

「それで、大店の主を信用させて米相場に金を出させる。そして、その金で米切手を買って損をしたと告げ、自分の懐に入れる。おそらく、そんなからくりの騙りです」

「証拠はあるのか」

「ありません」

「ない」

忠左衛門は白髪眉をひそめた。

「ですが、生き証人がいます」

「生き証人だと……」

「はい」

「どのような者だ」

「それが、例の騙りにあって主が首を吊って潰れた料亭梅川の倅です」

「梅川の倅が生き証人なのか……」

「はい。安吉と申しまして、梶原主膳の騙りの詳しいからくりを摑む為、手先となって働いているのです。そして、梶原を始めとした騙りの一味を捕まえて仕置させようと、おすずに密告するように頼んだのです」

「おすずに……」

忠左衛門は戸惑いを浮かべた。

「はい。それでおすずは、伯父上に密告しようと……」

「尾行したと申すか……」

「はい。ですが密告すれば、安吉も一味として捕えられて仕置を受ける」

「云うまでもないことだ」

「おすずは、安吉を咎人として捕えられたくないのです」

「ならば倫太郎。おすずはそれで迷い躊躇い、密告する時を探して、朝晩わしを尾行ていたと申すのか……」

「きっと……」

倫太郎は力強く頷いた。

「となると倫太郎。おすずがおまさの子であり、ひょっとしたらひょっと致す話はどうなるのだ」

「ひょっと致すとは、おすずが伯父上の子ではないかという事ですか」

「左様だ」

忠左衛門は声をひそめた。

「さあ……」

倫太郎は首を捻った。

「さあだと……」

忠左衛門は白髪眉を怒《いか》らせた。

「いえ。実は分からないのはそこでして。おすずは父親の事は黙して語らず、本当のところは何ともいえないのです」

「まだ分からないのか……」

「はい」

「そうか……」

忠左衛門は溜息を洩らした。

「で伯父上、梶原主膳の騙りですが……」

「倫太郎、旗本御家人は我ら町奉行所の支配違い。手出しは出来ぬ」

「それは存じております。ですから、梶原が鴨《かも》にしようとしている呉服屋の菱屋の主にそれとなく騙りの事を伝え、米相場から手を引かせる訳には参りませんか」

「それなら出来ぬ事もあるまいが……」

「ならば是非そうして下さい。これ以上、梶原の騙りの犠牲者を出してはなりません。お願いします」

倫太郎は頭を下げた。

「う、うむ。だが……」

忠左衛門は躊躇いを見せた。

「伯父上、出来ぬと申されるなら、私もおすずの一件をどうするか、結衣に相談します」

「結衣に……」

忠左衛門は眼を見張った。

「はい」

倫太郎は、冷たい笑みを浮かべてみせた。

「おのれ倫太郎。わしを脅す気か」

忠左衛門は首の筋を伸ばし、こめかみを小刻みに震わせた。

「どう受け取られようが、伯父上のご自由にございます。では、これにて……」

倫太郎は、忠左衛門の座敷を出ようとした。

「分かった倫太郎。分かった」

忠左衛門は、『菱屋』の主にそれとなく告げるのを渋々引き受けた。

「ありがとうございます」

倫太郎は苦笑した。

四

古い蕎麦屋の蕎麦は美味かった。

「ご亭主、とても美味しかったよ」

雲海坊は金を置いた。

「お坊さま、御代は結構にございます」

老亭主は畏《かしこ》まって断った。

「いえいえ、そうは参りません」

「いいえ。おかげさまで、久し振りに仏にお坊さまのお経を聞かせてやれました。蕎麦はせめてものお布施にございます」

「そうですか。では、お言葉に甘えましょう」

雲海坊は手を合わせ、日に焼けた衣を翻して古い蕎麦屋を出た。

路地に鶴次郎がいた。

「ご苦労だな、雲海坊」

「こいつは鶴次郎の兄い」

雲海坊は苦笑した。

「安吉は……」

「真っ直ぐ帰って来て、入ったままですよ」

「そうか。面倒を掛けたな。引き取ってくれ」

「兄い、お手伝いしますよ」

雲海坊は、鶴次郎の潜む路地に入った。

行灯の灯りは不安そうに瞬いていた。

安吉は、腕と肩の傷に薬を塗って当て布を変えた。

清助には清助の恨みの晴らし方があるように、自分には自分のやり方がある。

それだけの違いだ……。

油屋の主から金を巻き上げた時、安吉は騙りの詳しい手口をまだ教えられてはいなかった。

おすずはまだ密告してくれていない。

やはり、自分が自訴して出るしかないのかもしれない……。

安吉は思いを巡らせた。

「安吉……」

中間長屋の外から横山幸次郎が呼んだ。

「はい」

安吉の返事を待たずに戸が開き、横山が顔を覗かせた。

「殿がお呼びだ」

「はい。只今……」

安吉は着物に肩を入れ、屋敷にいる梶原主膳の許に急いだ。

梶原主膳は、酒を飲みながら安吉を一瞥した。

「油屋の倅に襲われたそうだな」

梶原の眼には、冷たい嘲りが滲んでいた。

「はい」

「菱屋の仕上げ、急いだ方がいいか……」

「仰せの通りかと存じます」

「よし。今夜の内に伝兵衛への書状を書く。明日、伝兵衛から先ずは二百両を受け取って来るのだ」

梶原は米切手を買うと称し、呉服屋『菱屋』伝兵衛から二百両の金を出させる。そして、米の相場が上がったとして次々と金を要求し、身代が傾いた頃に何もかも損をしたと手を引く。勿論、米切手は買ってはおらず、その金は梶原の懐に入っているのだ。それが、梶原の騙りの手口だった。そこには、元勘定吟味役だった経歴がものをいっていた。

「承知しました」

「うむ。下がるがよい」

「はい」

安吉は平伏し、梶原の座敷を出た。

「横山……」

「はい」

控えていた横山が膝を進めた。

「安吉の奴、油屋の倅に襲われて迷いが出たようだ。明日、後を追い、不審な動きを見せた時には、無礼打ちにして口を封じろ」

梶原は冷たく言い放った。


梶原屋敷の廊下は暗く続いていた。

安吉は、暗がりを見つめて廊下を進んだ。

暗がりの先に何があるのか……。

梶原の手先として騙りに手を染めた自分に、明るい行く末や望みがあるはずはない。

安吉は暗い廊下を進んだ。

一瞬、おすずの笑顔が、暗がりに浮かんで消えた。

おすず……。

安吉は思わず呟いた。

暗い廊下は続いた。

出口のない暗い廊下をいくら歩いても無駄なのだ。

安吉は不安に駆られた。


辰ノ刻五つ半（午前九時）。

安吉は、梶原の書状を懐に入れて屋敷を出た。

横山幸次郎が現れ、安吉を密かに追った。

「鶴次郎の兄い」

雲海坊が、怪訝に鶴次郎を振り返った。

「ああ。どういうことかわからねえが、とにかく追うぜ」

鶴次郎と雲海坊は、安吉と横山を追った。


日本橋の通りに連なる店は、客を迎える仕度に忙しかった。

倫太郎は、忠左衛門より先に日本橋通りにやって来ておすずを探した。

おすずは、いつものように日本橋の南詰めにある高札場に佇んでいた。

いつもより思いつめた顔をしている……。

倫太郎は微かな緊張を覚えた。

忠左衛門が、太吉を従えて青物町からやって来た。
おすずは、やって来る忠左衛門を厳しく見つめた。
密告に動くか……。
倫太郎は見守った。

行き先は室町にある呉服屋『菱屋』。
鶴次郎は安吉の行き先をそう睨み、雲海坊と尾行を続けた。
安吉は日本橋通りを南に進んだ。横山は物陰伝いに追った。
呉服屋『菱屋』は開店の仕度を終え、客の来るのを待っていた。
安吉は迷いを振り払った。
これまでだ……。
安吉は覚悟を決め、足早に『菱屋』の前を通り過ぎた。
北町奉行所に訴え出る……。
覚悟は安吉の足を速めさせた。
鶴次郎は戸惑った。
戸惑いは横山も同じだった。

血迷ったか安吉……。

横山の尾行は足早な追跡に変わり、鶴次郎の戸惑いは不吉な予感に変わった。

「雲海坊」

「承知……」

鶴次郎と雲海坊は走った。

安吉は、日本橋の北詰めに差し掛かった。その時、背後に覆い被さるような人の気配を感じて振り返った。

横山が形相激しく迫って来ていた。

殺される……。

安吉は、反射的に日本橋に逃げた。

横山は、行き交う人を突き飛ばして追った。

突き飛ばされた女の悲鳴が甲高くあがった。


女の悲鳴は日本橋の上から響いた。

倫太郎は振り返り、おすずは戸惑った。そして、忠左衛門は怪訝に立ち止まった。

安吉は、日本橋を南詰めに逃げた。

横山は追い縋り、刀を抜き払った。

刀身が鈍く光った。

行き交う人々が驚き、悲鳴をあげて逃げ惑った。

倫太郎は猛然と走った。

横山は安吉に斬り掛かった。刹那、雲海坊の錫杖《しやくじよう》が鐶《かん》を鳴らして飛んで来た。横山は咄嗟に躱した。背後から鶴次郎と雲海坊が駆け寄った。そして、倫太郎が現れ、安吉を庇って身構えた。

「おのれ、無礼者」

横山は声を引きつらせて叫び、安吉に猛然と斬り付けた。

倫太郎は横山の刀を握る腕を押さえ、その身体を腰に乗せて鋭く撥《は》ね上げた。横山は大きく弧を描いて叩きつけられた。

鶴次郎と雲海坊が早縄を打とうとした。

「ぶ、無礼者。俺は旗本梶原……」

面倒だ……。

倫太郎は、横山を素早く当て落とした。横山は泡を吹いて気を失った。

安吉は、肩で大きく息をついて立ち尽くしていた。

安吉さん……。

おすずは、日本橋の上にいる安吉を茫然《ぼうぜん》と見つめていた。

「何事だ」

忠左衛門が、倫太郎を一瞥して進み出た。

「これは大久保さま……」

鶴次郎が腰を屈《かが》めた。

「おお、鶴次郎、この者たちを北町奉行所に引き立てろ」

「承知しました」

忠左衛門は倫太郎を一瞥し、太吉を従えて北町奉行所に向かった。

鶴次郎と雲海坊は、町役人たちに手伝って貰い安吉と気を失っている横山を引き立てた。

安吉は落ち着きを取り戻し、安心した面持ちで鶴次郎に従った。

おすずは、引き立てられて行く安吉を見送った。

「あの男が知り合いか……」

おすずは振り向いた。そこには倫太郎がいた。

一石橋に風は吹き抜けていた。

「安吉さん、私がいつまでたってもお役人に密告しないから……」

風は一石橋に佇むおすずの後れ毛を優しく揺らした。

「自分で訴え出る気になった。そして、それに気付いた梶原の家来が、安吉を殺して口を封じようとしたのだ」

倫太郎は、安吉が襲われた出来事をそう読み解いた。

安吉は、梶原主膳の米相場を利用した騙りの一味として何もかも証言するだろう。それは、自分も罪人として仕置されるのを覚悟しての事だ。果たして忠左衛門は、それをどう裁くのだろう。

「おすずさん、お前さんが密告しようとした大久保という役人だが……」

「あの時、出て来られた白髪のお侍さまです」

「その大久保さん、安吉をどう裁くと思う」

「それは……」

おすずは困惑を浮かべた。

「では、どう裁いて貰いたい」

「出来るものなら、証言したことに免じて罪を減じて貰いたい……」

おすずは涙ぐんだ。

「そうか。おすずさんのおっ母さんによれば、大久保さんは優しい良い方だったな」

「はい」

「ならば心配あるまい」

「そうだとよいのですが……」

おすずは不安を募らせた。

「それほど心配なら、自分で頼んでみてはどうだ」

「えっ……」

「安吉が、おすずさんに密告させようとしていたこともな。そうすれば、安吉の立場も良くなると思うが」

「夏目さま、私が大久保さまに密告出来なかったのは、安吉さんがお仕置されるのが心配だっただけじゃあないのです……」

おすずは哀しげに俯いた。

「というと……」

倫太郎は眉をひそめた。

「私の実のお父っつぁんは……」

おすずは、縋る眼差しで倫太郎を見つめた。

倫太郎は、おすずの次の言葉を待った。

風が吹き抜けた。


安吉は、旗本・梶原主膳の米相場を利用した騙りの手口と、油屋の身代を騙し取って主を身投げに追い込み、呉服屋『菱屋』の主を騙そうとしている事実を証言した。

上様直参《じきさん》の旗本のする事ではない……。

忠左衛門は、怒りに白髪眉を震わせた。

横山幸次郎は、旗本の家来の自分は町奉行所の調べを受けぬと言い張った。そして、梶原主膳は横山の身柄の引渡しを要求した。

北町奉行は梶原の要求を飲み、横山幸次郎を放免した。そして横山は、その日の内に主である梶原の手討ちにあって死んだ。

関わりのある者を始末して騙りの痕跡を消し、己の身を護ろうとしている。

恥を知れ……。

忠左衛門は、安吉の証言を覚書に記して評定所に差し出した。そして、安吉を伝馬町の牢屋敷に送った。

　忠左衛門は茶を啜った。

「評定所、どうしますかね」

　倫太郎は身を乗り出した。

「さあな。何しろ家来を使い捨てに殺す五百石取りの旗本だ。それに騙りで貯めた金もある。評定衆に付届けをするのは容易であろう」

　忠左衛門は憮然とした面持ちで告げた。

「そうですか……」

　倫太郎は、閻魔亭居候の出番を知った。

「それで伯父上、安吉はどうするんです」

「安吉か……」

「はい」

「おすずとはどのような関わりなのだ」

「おまささんは伯父上と別れてから料亭梅川の仲居になったそうでしてね。おすずはそれから生まれ、主の倅だった安吉に妹のように可愛がられて育ったそうです」

「そうか……」

　忠左衛門は、吐息を洩らして天井を見つめた。

「妾の子とはいえ、わしの娘。その娘と深い関わりのある者に情けを掛けるなど、この大久保忠左衛門断じて出来ぬ」

忠左衛門は辛さを露《あら》わにした。

「ああ。それなんですがね伯父上。おすずの父親は貧乏浪人で酒に酔って人を斬り、牢屋敷で獄死したそうです」

「なに……」

忠左衛門は驚き、素っ頓狂な声をあげた。

「伯父上、声が大きいですぞ」

倫太郎は慌てた。

「ま、まことか倫太郎」

忠左衛門は、声をひそめて念を押した。

「はい。おすずが伯父上に密告出来なかったのは、それもあったからだそうです」

「なんと……」

忠左衛門は呆然とし、視線を宙に彷徨《さまよ》わせた。

「それから父親の浪人は痩せており、伯父上にとてもよく似ていたそうです」

「わしに似ていたか……」

「ええ。おまささん、きっと伯父上が忘れられなかったのでしょう」

「おまさ……」

忠左衛門の眼に涙が光った。

倫太郎は密かに苦笑した。


忠左衛門は、安吉を所払いにした。

「この辺りが、わしに出来る精一杯の情けだ」

忠左衛門は淋しげに呟いた。

倫太郎は、おすずに安吉と一緒に行くことを勧めた。おすずは頷いた。

安吉とおすずは、倫太郎と鶴次郎に見送られて高輪の大木戸を出て行った。

梶原主膳の評定所の仕置は、忠左衛門の読みの通りに見送られた。


日本橋通油町の地本問屋『鶴喜』から黄表紙が出版された。

黄表紙の外題は『椿説《ちんせつ》乙女涙の鬼退治』と記されていた。そして、戯作者は〝閻魔亭居候〟だった。

黄表紙『椿説乙女涙の鬼退治』はたちまち世間の噂となり、騙りを働く悪旗本が梶原主膳と知れるのに時は掛からなかった。

世間は、梶原主膳の非道さと悪辣さを憎み、お咎めなしとした評定所を罵《ののし》った。

世間の罵りを受けた評定所は、梶原主膳を放っておくわけにはいかなくなった。

梶原主膳は再び取調べを受け、家禄減知の上、切腹の沙汰を下された。

安吉の恨みはようやく晴らせた。

倫太郎はその事を手紙に書き、小田原にいる安吉とおすずに送った。


足音が止まり、障子が勢いよく開けられた。

倫太郎は夢うつつにそう思った。

しまった……。

忠左衛門の怒声が、朝の大久保屋敷に轟《とどろ》き渡った。

「起きろ倫太郎」

倫太郎は跳ね起きた。

忠左衛門は筋張った首を伸ばし、今にも小言を云い出さんばかりに倫太郎を睨みつけていた。

そこには、おまさを囲い、おすずを我が子と思い込んで怯え悩んだ忠左衛門はいなかった。

立ち直りは早い……。

倫太郎は、忠左衛門の前に座って項垂れるしかなかった。

この作品は書き下ろしです。原稿枚数328枚（400字詰め）。

幻冬舎文庫

●好評既刊
閻魔《えんま》亭《てい》事件草紙
夏は陽《かげ》炎《ろう》
藤井邦夫

夏目倫太郎は、北町奉行所与力大久保忠左衛門の甥でありながら、戯作者を目指す変わり者。料亭の一人娘が行方知れずだと聞き、調べ始めた倫太郎が知った衝撃の真相とは？　新シリーズ第一弾！

●好評既刊
お江戸吉原事件帖　## 四人雀
藤井邦夫

吉原の遊女・夕霧が謎の自害を遂げた。その裏には、出世欲と保身が絡んだ男達の陰謀が。それぞれが辛い過去を背負って生きる吉原四人雀が、女の誇りを守るために立ち上がる！　傑作時代小説。

●最新刊
風雲伝　十兵衛の影
秋山香乃

将軍家光の密命により、旅をしていた十兵衛が、瀕死の男から託された小さな菓子には、恐るべき幕府転覆の謀略が隠されていた——。青年剣士・柳生十兵衛の姿を描く活劇時代小説！

●最新刊
船手奉行うたかた日記
花涼み
井川香四郎

「屋形船を爆破する」。船手奉行所の朱門に張りつけられた脅し文。試すかのように爆破された猪牙舟には、時限装置と思しき巧妙な仕掛けが。一体誰が？　何のために？　好評シリーズ第五弾！

●最新刊
爺《じじ》いとひよこの捕物帳
弾丸の眼
風野真知雄

岡っ引きの下働き・喬太は、不思議な老人・和五助と共に、消えた大店の若旦那と嫁の行方を追う。事件には、かつて大店で働いていた二人の娘の悲劇が隠されていた——。傑作捕物帳第二弾。

幻冬舎アウトロー文庫

●最新刊
夢魔Ⅲ
越後屋

嫉妬、嘆き、苦悩、愛憎——女たちの心に宿った切なる願いに付け込み、邪悪な淫夢の世界へと迷い込ませていく夢魔の毒牙。女の幸と不幸が混じりあう幻想ＳＭの世界。人気シリーズ第三弾。

●最新刊
未亡人紅く咲く
扇　千里

涼子の尻の見事さ。この尻に命をかける男もいるだろう。「俺はこれに狂うな」。学園のマドンナだった涼子と二年先輩の博史。夢にまで見た肉壺を犯す博史と淫乱を極めていく涼子の快楽の果て！

●最新刊
皮を剝く女
館　淳一

小学校教師淑恵の元には、夜の校舎裏で凌辱されて以来、脅迫状が。今日の命令はテスト中のオナニー。「触るふりをするだけ」のつもりが、指でイッてしまう淑恵。命令はエスカレートする。

●最新刊
誘惑
松崎詩織

エステティシャンの更紗と、人気女流官能作家の薫。ふたりの指先は、いつも快楽に従順で、ときどき嘘をつく。薫は更紗をモデルにエロティックなシーンを夢想するが——。傑作情痴小説。

●最新刊
女体の神秘
由布木皓人

中学の女教師・渚の夫・昭一郎のセックスは執拗かつ嗜虐的だった。昭一郎は渚の学校で、下着をつけていない陰阜を生徒に見せつけるよう強要するが、拒む渚の膣口からは愛液が溢れ出ていた。

閻《えん》魔《ま》亭《てい》事《じ》件《けん》草《そう》紙《し》

迷《まよ》い花《ばな》

藤《ふじ》井《い》邦《くに》夫《お》

平成21年6月10日　初版発行

発行人——石原正康
編集人——菊地朱雅子
発行所——株式会社幻冬舎
〒151-0051東京都渋谷区千駄ヶ谷4-9-7
電話　03(5411)6222(営業)
　　　03(5411)6211(編集)
振替00120-8-767643
印刷・製本—中央精版印刷株式会社
装丁者——高橋雅之

幻冬舎文庫

ISBN978-4-344-41319-1　C0193　ふ-16-3